講談社X文庫

アナトゥール星伝⑫

緋《ひ》色《いろ》の聖戦士《シエルザート》

●

折原みと

TEEN'S HEART

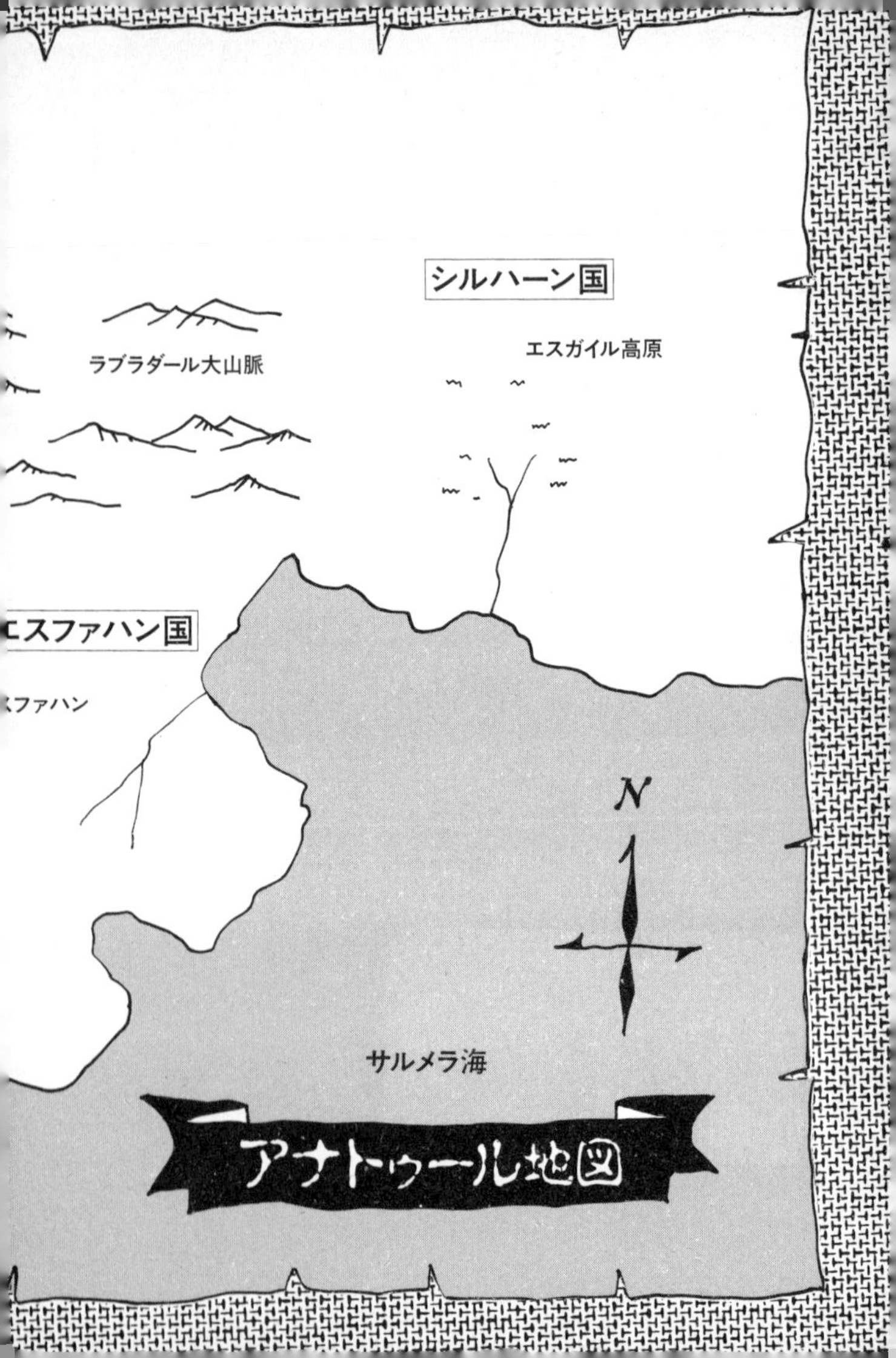

シルハーン国
エスガイル高原
ラブラダール大山脈
エスファハン国
スファハン
N
サルメラ海
アナトゥール地図

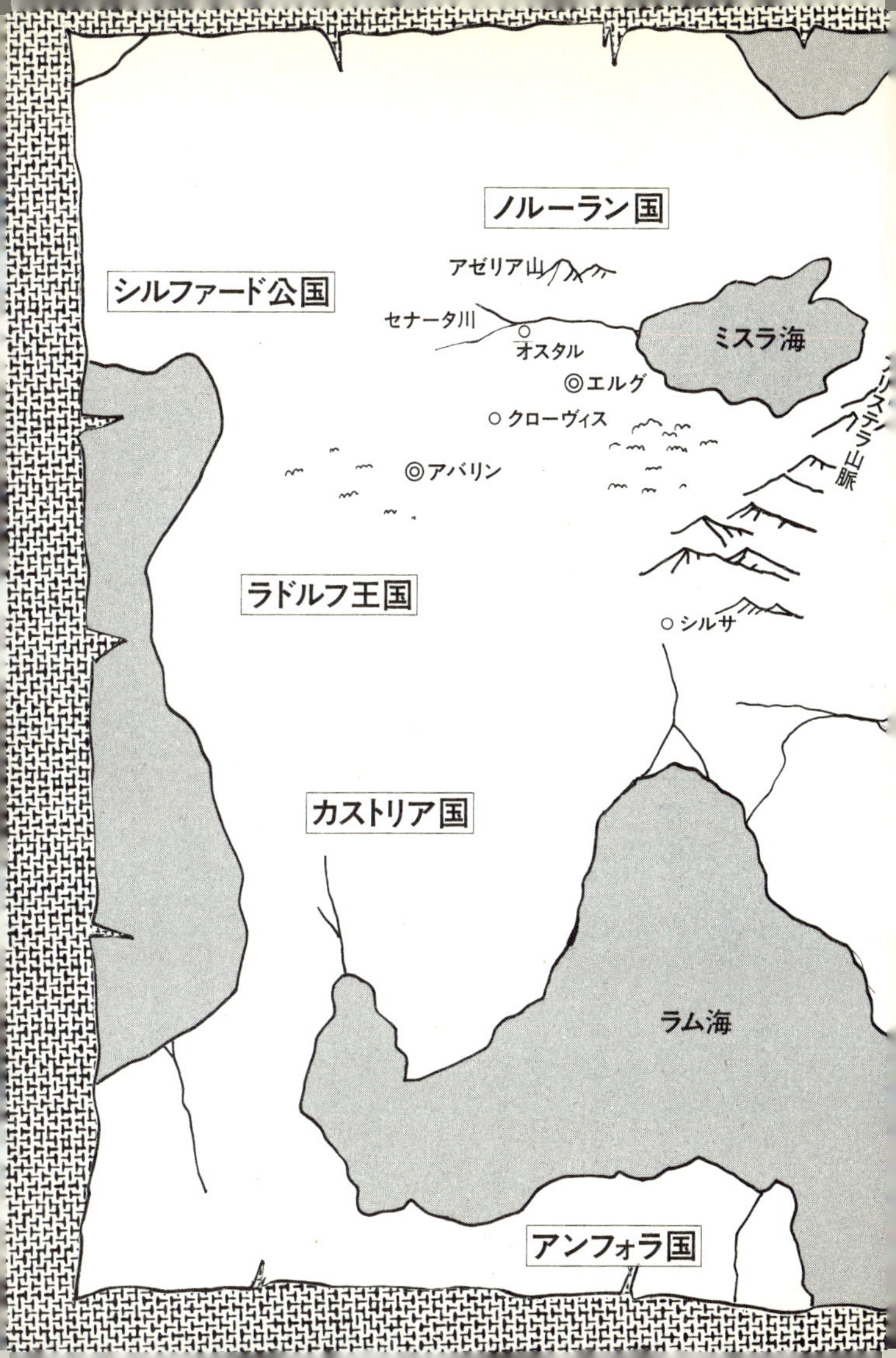

ノルーラン国
アゼリア山
シルファード公国
セナータ川
オスタル
ミスラ海
エルグ
クローヴィス
リステラ山脈
アバリン
ラドルフ王国
シルサ
カストリア国
ラム海
アンフォラ国

物紹介

シュラ・サーディン

砂漠の王国エスファハンの王。砂漠に平和と幸福をもたらすと予言されている、〝金の砂漠王《バーディア》〟。

鈴木《すずき》結奈《ゆいな》(ユナ)

星の導きで、異世界の救世主〝銀の星姫《メシナ》〟になってもう3年。エスファハン国のシュラ王と結婚する予定！

いままでのお話

あたし、鈴木結奈がある日、薄暗い図書館でみつけた一冊の本、〝アナトゥール星伝〟を開いたことからこの物語は始まったの。不思議な星の力で、異世界へ導かれて……。

そこは、〝エスファハン〟という砂漠の国。そこであたしは、救世主〝銀の星姫〟として出現を待たれていたの。

初めは反発しあっていた、エスファハンのシュラ王とあたしはいつしか♡♡♡。婚約もしました！ エスファハンに問題が起こるたびに運命の星によばれて、そのたびに、シュラ王子とともに冒険をしています。

登場人

牧原沙夜《まきはらさや》

ユナの親友。ユナがエスファハンに行っているあいだのアリバイづくりに協力してくれる。

アイシャ・オーガス

“紫の明星姫《アーリアン》”とよばれるラドルフ王国の女王。アナトゥールの四国平和同盟のメンバー。

マルタ&リタ

ふたりともユナの侍女。ユナの身のまわりの世話をしたり、話し相手をする。ミーハーです。

アルシエ・ラシッド

シュラ王の第一の従者。つねに沈着冷静、頭脳明晰。偉大な予言者、ルマイラの血をひく。

サラム・リアード
イーサー・ハザル

シュラ王の忠実な部下。ふたりとも剣を持てば強い!

イラストレーション／折原みと

アナトゥール星伝⑫

緋色《ひいろ》の聖戦士《シエルザート》

プロローグ

あたしはずっと、考えていた。
何故《なぜ》、人間《ひと》は殺し合うのか。
国がその原因なら、国境なんてなくなればいい。
神の名のもとに争うなら、神様なんて信じない。
だけど、もし、
生まれ持つその血のために、人が殺し合うとしたら。
すべての血が流しつくされるまで、戦いは終わらないんだろうか？
あたしはずっと、考えている。
戦いと、憎《にく》しみの果てに、何があるのか。

『北の国に、激しき女戦士あり。
憎《にく》しみの地獄《じごく》より、
悲しみの河を越《こ》え。
緋《ひ》の色の聖戦士《シエルザート》、
真実《まこと》の誇《ほこ》りに目覚《めざ》めし時。
ふたつの血は交《まじ》わりて、
彼《か》の国はひとつとなる』

（『アナトゥール星伝・新章』より）

1

気がつけば、頭上にはまぶしい太陽。
砂まじりの乾《かわ》いた風。
砂漠。
また、この砂漠に帰ってきた。
もう何度目になるだろう？
初めての時の驚《おどろ》きは、まだ鮮明《せんめい》に覚えてはいるけれど、
今はもう、ごく自然に受け入れられる、時空《じくう》の移動《トリップ》。
あたしの身体《からだ》の半分は、
確《たし》かに、この世界《アナトウール》のものになっているから――――。

「あっちゃ〜〜〜、マズいなあ。こんなカッコで来ちゃうなんて」

灼熱《しゃくねつ》の砂漠に立ちつくしたあたしは、この場所にはおよそそぐわない自分の格好《スタイル》を見下ろしてタメ息をつく。

いつものようにアナトゥールの西の砂漠にトリップしてきたあたしだけど、今回は、いつもとはちょっと違《ちが》うことがある。

今日のあたしのファッションは、着物。

それも、何をかくそう来年の成人式のために新調《しんちょう》したとっておきの振《ふ》り袖姿《そですがた》だ。

え？

なんだってそんな格好《かっこう》でアナトゥールにトリップしてきちゃったんだ…って？

そりゃ、あたしだって失敗したと思ってるわよ。

せっかくの着物が砂まみれになったら困るし、汗《あせ》が落ちたりしたらシミになっちゃうし
…って、そーゆー問題じゃないか!?

でもね、今回のトリップは、いつもとはちょっとばかり事情が違ってたの。

あたし、ユナ、こと鈴木結奈《すずきゆいな》。

19歳の大学2年生。

一見《いっけん》ごく普通の女子大生のあたしが、アナトゥールというこの異次元の世界で、〝銀の星姫《メシナ》〟という名前を持っていることは、もうみんな知ってるよね？

毎度のことながら、いちおうここで、簡単《かんたん》にご説明いたしましょう。

事の起こりは、あたしが高1の秋のこと。

図書館で『アナトゥール星伝』という古い革表紙《かわびょうし》の本を見つけたあたしは、不思議《ふしぎ》な運命に導《みちび》かれて、初めてこの世界にやってきたの。

そして、砂漠の王国エスファハンの王、〝金の砂漠王《バーディア》〟と呼ばれるシュラ・サーディンと恋をして、16歳にして彼と婚約！

でもね、この〝アナトゥール〟という世界は、じつは、あたしと同じ世界の人間が創《つく》りだしたものだったんだ。

創造主〝ルマイラ〟。

彼は、己《おのれ》の精神が創りだす架空《かくう》の世界を実体化させるという、〝神〟にも等しい能力《ちから》を持っていたの。

あたし達の世界の時間で、今から千年以上もまえ。

戦乱の続く世の中に絶望したルマイラは、真に幸福な世界を夢見て、この新しい世界を創造したんだって。

でも、この世界《アナトゥール》にもまた争いが起こり、歴史は誤《あやま》った方向に歩みだしてしまった。

〝砂漠王《バーディア》〟と〝星姫《メシナ》〟には、創造主ルマイラの遺志《いし》を継《つ》いで、この世界を平和に導《みちび》くという使命が与《あた》えられていたの。

高1の秋から、大学2年になる今まで、

あたしは何度もアナトゥールを訪れて、さまざまなことを経験してきたの。

胸のワクワクするような冒険も、いっぱいしたけど、

苦しいことや、悲しいことや、危険なこともたくさんあった。

悲惨《ひさん》な戦いに直面したり、人の死にも何度も出会った。

だけど、シュラ王子（ホントは王サマなんだけど、これはあたしだけの呼び名）と一緒《いっしょ》に、いくつもの試練《しれん》を、ひとつひとつ乗《の》り越《こ》えて、

あたしは確実に、未来のエスファハン王妃《おうひ》への道を歩んでいるところなんだ。

そんなあたしを、このアナトゥールへと導いてくれるのは、創造主ルマイラの〝遺志〟

ともいえる銀の星。

アナトゥールに帰還する日が近づくと、あたしの胸には、この銀の星からの"啓示"のようなものがひらめくの。

心と身体に、アナトゥールに呼ばれているような、見えないパワーを感じるっていうのかな。

　それを感じ始めると、あたしはいつも、親友の沙夜に協力を頼むんだ。

　沙夜、こと牧原沙夜は、高校時代からのあたしの親友で、こっちの世界でアナトゥールのことを打ちあけている唯一の人。

　アナトゥールとあたしの世界の時間の流れは、いつも一定というわけではないの。

　おかげで、あたしがアナトゥールで過ごす時間がたとえ数か月だったとしても、あたしの世界の時間では、2〜3日というところ。

　それでもね、まだ未成年の女の子としては、突然2〜3日も行方不明になっちゃったらマズいでしょ？

　だからいつも、アナトゥールに行っているあいだは、沙夜と一緒に旅行ということにしてもらって、彼女にアリバイ工作を頼んでるってワケなんだ。

　でも、今回は……。

じつはアナトゥールへの移動《トリップ》が起こった時、一緒《いっしょ》だったのよねえ。

ウチの両親と。

よりにもよって、家族そろってレストランで食事中に、その時が来ちゃったんだもの。

なんとなく、そろそろって予感はあったのよ。

だからあたし、食事はパスしたい…って言ったんだけど、パパに強引《ごういん》に連れてこられちゃった。

…っていうのもね、そもそもはこの振《ふ》り袖《そで》がキッカケ！

あ、コレね、さっきも言ったけど、来年の成人式用に作ってもらった着物。

たいして着る機会もないからいいって言ったのに、「一生に一度のことだから！」なんて、パパとママがはりきって新調《しんちょう》してくれちゃってね。

それが仕立てあがってきたもんで、パパが着てみろってうるさくて。

ママに着つけしてもらったら、今度はせっかくだから、家族そろって食事にいこうなんて珍《めずら》しいことを言いだしたのよ。

おカタイ大学教授のパパが、外で食事しようって言うなんてめったにないことだから、ママも大喜びしちゃってるし、結局、両親と一緒に出かけることになったんだけど……。

案《あん》の定《じょう》、食事の最中《さいちゅう》に、いよいよアナトゥールに引っぱられちゃったってワケ。

コース料理のメインディッシュが運ばれてくる寸前で、あたし、あわてて席を立ってパパたちに言ったの。

「急用を思い出したからちょっと出かける。2〜3日家には帰らないと思うけど、心配しないで!!」

……って。

で、ポカンとしてる両親を残してお店を出た瞬間《しゅんかん》に、こっち、、、ちの世界に。

はあ〜〜〜っ。

パパとママ、きっとワケわかんなくてパニックしてるよね。

家に帰った時、弁解《べんかい》するのに苦労しそう……。


(あ…!)


その時、あたしの胸に予感が走った。

銀の星の〝啓示《けいじ》〟と同じくらい、あたしには鮮烈《せんれつ》な。

王子だ。
シュラ王子が、もうじきここにやってくる。
砂塵《さじん》の中、白い馬を駆《か》って、
あたしを迎《むか》えにやってくる――――!!

カチッ☆
心の中のスイッチを切《き》り替《か》える。
ここからは、アナトゥール・モード。
パパとママ、親不孝な娘でごめんなさいっ。
帰ってからのことは、その時が来たら考えよう。
ここからのあたしは、日本の女子大生、鈴木結奈じゃない。
エスファハン王の婚約者、
アナトゥールの〝星姫《メシナ》〟の、ユ、ユナになるんだ。

「ユナさま――っ!!」
(ホラ、来た!!)

陽炎《かげろう》の向こうに数騎の馬影を見つけた瞬間《とき》、
なつかしい呼び声が、あたしの耳に届《とど》いた。
あたしの侍女《じじょ》、マルタさんとリタさんの声だ。
みんないる。
エスファハン王の第一の従者《じゅうしゃ》、アルシェ・ラシッド。
腹心の部下のサラム・リアードにイーサー・ハザル。
そして……、シュラ王子。
一行の先頭を切って馬を走らせる、若きエスファハン王、シュラ・サーディン。
トレードマークの金髪が、太陽の恵《めぐ》みを受けてきらめいてる。

慣《な》れない着物の裾《すそ》に足をとられながら、あたしは砂の上を走りだす。
あたしの着物《きもの》姿《すがた》を見たら、王子、きっとびっくりするね。
王子の驚《おどろ》く顔が目に浮かぶ。
だけどそれから、まぶしそうに目を細めて、「キレイだ」って言ってくれる?
照れ屋の王子が、そんなこと言うワケないかな?
言葉のかわりに、抱《だ》きしめてキスでも、モチロンいいけど……?

うれしさと期待で、胸がつまって苦しくなって、
あたしは大きく深呼吸。
離れていた数か月分の想《おも》いをこめて、
愛する人に向かって、こう叫《さけ》ぶ。
「王子――っ!!」

「ユナ!」
まばゆい微笑《えみ》を浮かべて。砂丘に降りたった王子が、
なつかしい声で――あたしを呼んだ。

2

——さて、

所変わって、ここはもうエスファハン宮殿《きゅうでん》。

日本の民族衣装《いしょう》の着物から、エスファハンの衣装に着かえたあたしは、王子やアルシェさんの待つ〝王の間《ま》〟に足を踏《ふ》み入《い》れた。

「これはユナ姫。先ほどの衣装もよくお似合《にあ》いでしたが、やはりこちらのお姿《すがた》も、ユナ姫らしくピッタリとお似合いになられますね」

そんなアルシェさんの言葉に、あたしはイタズラっぽく答えて王子の顔をのぞきこむ。

「そうね。あたしもこっちのほうが落ちつくワ。あんなヒラヒラ豪華《ごうか》な着物着てると、衣装負けしちゃいそうだし」

「衣装《いしょう》負けなど……！　オレはベツに、そんなことは言っていないぞ」
あわてた様子《ようす》で抗議《こうぎ》の声をあげた王子の後ろで、サラムさんやイーサーが笑いをこらえてる。

それっていうのも、さっき、あたしの着物姿《きものすがた》を見た時の、王子の反応！
まあね、当然、最初はびっくりしてたってのまでは予想どおりだったんだけど、そのあ
とが問題なのよ。
王子ってば、ボーッとした顔で、あたしの着物姿をしばらく見つめて。
そのあとで、ボソッてこう言ったのよ。
「キレイだな。……着物が」
…って。
まったく！　ヘタなギャグじゃあるまいし。（王子の場合は天然だけど）
でもまあ、いっか。
自分でも、振《ふ》り袖姿《そですがた》よりこっちのほうが、あたしらしいって気がするし。
第一、アナトゥールでの冒険は、あんなカッコじゃ務《つと》まらない。
あたしがこっちの世界に導《みちび》かれてくるのは、アナトゥールに何か大きな事件や歴史的変
化が起こっている時。

星姫《メシナ》としての、今回のあたしの使命はなんなんだろう？

大きく開かれた窓から、風が甘《あま》い柑橘類《シトロン》の香りを運んでくる。

シュロの葉の葉ずれと、中庭の噴水《ふんすい》のかすかな水音。

王の間《ま》から見下ろすエスファハン宮殿《きゅうでん》の中庭の景色《けしき》が、あたしは大好きだ。

だけど、その平和な空気を打ち消すように、王子があたしにこう切りだした。

「ユナ、ラドルフ王国のアイシャ殿から、先日親書が届《とど》いたのだ」

「アイシャさんから？」

なつかしさと不安の入りまじった気持ちで、あたしは王子の顔をうかがう。

アイシャさんは、西の大国、ラドルフ王国の女王サマだ。

もとは農民の生まれで普通の女の子だったんだけど、じつは先々代のラドルフ国王の血を引いていて、
アナトゥールの時間で、昨年の2月、
暗闇王《レグリオン》と呼ばれ恐《おそ》れられていた、前国王ベルギリウス二世に替《か》わって王位に就《つ》いたの。

今から数年まえのアナトゥールは、暗闇王《レグリオン》の侵略《しんりゃく》の魔の手が広がり、戦乱の危機に瀕《ひん》していた。

王子とあたしは、暗闇王《レグリオン》を倒《たお》し、この世界を平和にするために、長いあいだ戦ってきたの。

東のシルハーン国、南のアンフォラ国、

そして、ラドルフ王国の反乱農民軍と手を取り合い、暗闇王《レグリオン》を倒してから、2年近くがたとうとしている。

新米《しんまい》女王のアイシャさんは、有力な貴族たちの後見《こうけん》を得ながら、国の立て直しに奮闘《ふんとう》しているって、風のたよりに聞いていた。

その彼女からの、エスファハン王への親書って？

王子の厳《きび》しい表情から察すると、あまりいい知らせではないようだけど……。

深い翡翠色《ひすいいろ》の瞳《ひとみ》に翳《かげ》を宿して、シュラ王子が、重い口調《くちょう》で言う。

「ノルーラン国で、激しい紛争《ふんそう》が起こっているというのだ」

「ノルーラン国？」

「ラドルフ王国の北に位置する小国です」

アルシェさんが、すかさず机の上に地図を広げてくれた。

ノルーラン国は、ラドルフ王国の北、

シルファード公国の隣《となり》の小さな国だ。

「ノルーラン国は、確《たし》かベルギリウス二世の時代には、ラドルフ王国に支配されてたんだよね」

「ああ、ベルギリウス二世によって侵略《しんりゃく》され、ラドルフ王国の傀儡《かいらい》政治が行なわれていた。だが、アイシャ殿の時代になって、その支配を解《と》き、ノルーラン人による自治権を復活させたのだ。しかし、そのために、ノルーラン国には、国を二分《にぶん》する紛争《ふんそう》が起こってしまったらしい」

「どういうこと？」

「ユナ姫、私からご説明いたしましょう」


あたしの疑問に答えてくれたのは、例によって、アルシェさん。

エスファハン王の第一の従者《じゅうしゃ》にして相談役、そして創造主ルマイラの末裔《まつえい》でもあるアルシェ・ラシッドだ。

いつものように、低く落ちついた声音《こわね》で、アルシェさんはあたしに詳《くわ》しい説明をしてくれたの。

つまりね、ベルギリウス二世の時代、ノルーラン国はラドルフ王国の圧倒的《あっとうてき》な武力によって制圧《せいあつ》され、ノルーラン国王も、ベルギリウスの息のかかった操《あやつ》り人形でしかなかったわけ。

だけどアイシャさんが女王になって、ラドルフ王国はノルーラン国の支配を解《と》き、自治権を回復させたの。

ノルーラン国には自由と平和が訪れ、それは喜ばしいことに違《ちが》いなかったんだけど、話はそこで終わらなかった。

ノルーラン国っていうのはね、ラヴァール人、オシュレム人という、異なる宗教や歴史を持った、ふたつの民族から成る複合国家なの。

とはいっても、国の実権は多数派民族であるラヴァール人が握《にぎ》っていて、少数派のオシュレム人は、日頃《ひごろ》から何かと鬱積《うっせき》するものが多かったワケ。

それが、ノルーラン国へのラドルフ王国の支配が解かれ、国内に自由な気運が高まったことから、オシュレム人たちの中にも、自分たちの独立を求める気持ちが強くなったのね。

オシュレム人はノルーラン国からの分離独立を求めたんだけど、ラヴァール人はそれを許さず、武力でオシュレム人たちを押さえつけようとした。

で、ふたつの民族の間《あいだ》に、激しい戦いが起こってしまった。

…と、そういう事情《こと》。

「ラヴァール人とオシュレム人との対立は、歴史的に根深いものがあるのです」

アルシェさんが、室内にいる一同を見わたしながら言う。

「今から数百年まえ、もともとあの北の地に住んでいたのは、オシュレム人でした。それが、南方から移動してきたラヴァール人によって征服《せいふく》されてしまったのです。それから何度か、オシュレム人は国土奪還《だっかん》のための戦いを起こしていますが、望みはかなわず、百年ほどまえに、ラヴァール人の王によって正式に二民族が統合され、ノルーラン国が建国されました」

「だが、その後も民族間の対立は続き、30年まえには、やはり独立を求めて立ち上がったオシュレム人たちを、ラヴァール人が虐殺《ぎゃくさつ》するという事件も起こっている」

アルシェさんの言葉のあとを続けたのは、シュラ王子だ。

「その時は、ラヴァール人の王とオシュレム人指導者の間《あいだ》に和解が成り立ち、以後30年間、ふたつの民族は、ひとつの国の内に平和な共存状態を保ってきた。今回の内戦勃発《ぼっぱつ》の引き金は、オシュレム人たちを治めてきたその指導者が、ラヴァール人によって暗殺されたことらしい」

「そう……」

王子やアルシェさんの説明を聞くうちに、あたしの心は、次第《しだい》に黒い雲に覆《おお》われ始《はじ》めた。

また争いだ。

長い戦いの末に、ようやく勝ちとったアナトゥールの平和。

その平和が、また新たな紛争《ふんそう》を引き起こしてしまった。

国を脅《おびや》かす脅威《きょうい》がなくなったおかげで、ひとつの国の中に、今度は民族間の争いが起こるなんて……。

「ノルーラン国の解放政策をとったアイシャ殿は、今回の紛争に責任を感じておられるようだ。紛争を終結させるために、我が国にも停戦調停に協力してほしいと依頼してこられた」

「そっか。こういう時のための平和同盟だもんね！」

王子の言葉に、あたしは元気を奮《ふる》い立《た》たせて答える。

アナトゥール〝四国平和同盟〟は、エスファハン国、ラドルフ王国、シルハーン国、アンフォラ国の四大国が、アナトゥールの平和と、相互《そうご》協力を誓《ちか》って結んでいる同盟なの。

エスファハンは、その同盟のリーダー国。

アナトゥールに無益《むえき》な戦いが起こっているとあっては、見すごすわけにはいかないものね。

「早々にラドルフ王国に向けて出発し、アイシャ殿と合流してノルーラン国へ赴《おもむ》こう。今回の紛争《ふんそう》では、すでに両者に多くの犠牲者《ぎせいしゃ》が出ているらしい」

「うん！」

王子のまなざしを受けとめて、あたしも大きくうなずいた。

戦いの前に立ちすくみ、心を痛めているだけでなく、あたし達には、きっと何かできることがある。

そう思ったら、胸に勇気がわいてくる。


「よっしゃあ！　またみんなで旅ができますね‼」

イーサーが、威勢《いせい》よく指を鳴らして言った。

「不謹慎《ふきんしん》だぞ、イーサー。遊びにいくわけじゃないんだ」

と、いちおうはたしなめつつも、サラムさんも内心うれしそう。

モチロン、マルタさん&《アンド》リタさんも、すっかりその気で、

「ユナさま、久しぶりにアイシャさまにお会いになれますわ！」

「どんなにご立派な女王さまになられたか、楽しみですわねえー」

なんて、ウキウキしちゃってる。

（まったくもう…）

深刻《しんこく》な任務だってことは充分にわかっていても、決して暗くならないのが、このメンバーのいいところだ。

こんなみんなの明るさが、いつも、どんなに王子とあたしを力づけてくれるかわからない。

今回のあたし達の使命は、ノルーラン国の民族紛争《ふんそう》を、終結に導《みちび》くこと。

たやすいことではないはずだけど、アイシャさんとも力を合わせてがんばろう！

そういえば、マルタさん達の言うとおり、
アイシャさんと会うのは、彼女がラドルフ王国の王位に就《つ》いた時以来だ。

あれから、そろそろ2年ちかく。

あの時の新米《しんまい》女王サマは、どんなに成長しているかしら？

北の国に向かうまえに、エスファハンの砂漠の風を、胸いっぱいに吸いこもう。

負けない。
あきらめない。
何があっても。
あたしには、王子がいる。
頼《たの》もしい仲間たちがいる。

信じるものを、胸に抱《だ》いて。
さあ、王子、
あたし達の〝戦い〟を始めよう！

3

翌日、
あたし達は3千の兵を率《ひき》いて、ラドルフ王国に向けて出発した。
ラドルフ王国で、アイシャさん達ラドルフ軍と合流し、ノルーラン国へと紛争《ふんそう》の調停に向かうことになっているの。
いつものように、留守《るす》のあいだ、エスファハンで王の名代《みょうだい》を務《つと》めてくれるのはアルシェさん。
サラムさんにイーサー、
マルタさん&《アンド》リタさんという、いつもの旅のメンバーも、モチロン一緒《いっしょ》だ。
王子は、できるだけ武力行使は避《さ》け、あくまで話し合いで紛争を治めたいと思ってるの。

だけど、お互《たが》いに根深い原因があって戦っている人たちが、そう簡単《かんたん》に停戦に応じるわけはないでしょ？

兵を率《ひき》いていくのは、いつまでも無益《むえき》な争いを続けるのなら、エスファハン、ラドルフの二大国は、力ずくでもそれを阻止《そし》するつもりだという、確固《かっこ》たる意思表示のためなの。

まあ、平たく言っちゃえば〝脅《おど》し〟みたいなモンだ。

武力行使は、最終手段。

なるべくなら、武力は使わずに事を治めたい。

力ずくで人の心をねじふせても、根本的な解決にはならないんだもの。

あたしね、今回のノルーラン国の紛争《ふんそう》の話を聞いて、あたしの世界で起こった、ある国の内戦のことを思い出したの。

旧ユーゴスラビア。

バルカン半島に位置していた小さな国。

この国は、国内に主要民族だけでも六つ（少数民族を入れると30ちかく）もの民族を抱《かか》える複合国家だったの。

だけど数年まえに、いくつかの独立国家に分裂《ぶんれつ》してしまったんだ。

旧ユーゴの崩壊《ほうかい》にともなう内戦では、何百万もの人が死傷したり、家を失《うしな》って難民となった。

旧ユーゴスラビアだって、かつては異民族同士が手を取り合い、団結しあってひとつの平和な国家を築いていた時代があったんだよ。

その国が分裂《ぶんれつ》してしまった要因のひとつは、世界情勢の激変だ。

中学生以上の人は、歴史の授業で習ってるかな？

第二次世界大戦後の世界は、長いあいだ、アメリカを中心とする西側資本主義国と、ソビエト連邦を中心とする共産主義国とに大きく二分《にぶん》されてたのね。

で、その二大勢力が対立し、ニラみあっていた時代が、世界の冷戦時代。

この頃《ころ》は、そりゃあアメリカとソビエトの核開発競争やら第三次世界大戦の危機やらって問題もたくさんあったけど、
二大勢力の脅威《きょうい》に抑《おさ》えつけられていたおかげで、世界はいちおうの平和と秩序《ちつじょ》を保っていたとも言えるらしい。

でも、1980年代の終わりから1990年代の初めにかけて、
ドイツのベルリンの壁《かべ》がなくなったり、ソビエト連邦が解体したりして、東側共産主義が崩壊《ほうかい》してしまった。

それまで大国の支配下にあった国々は自由になったかに見えたけど、そのかわり、社会の秩序《ちつじょ》も崩《くず》れ去《さ》り、今まで抑《おさ》えこまれていた民族間の対立が表面化。

〝民族紛争《ふんそう》〟という、新たな問題が起こってしまったんだ。

……ね。

これって、ノルーラン国の紛争に、

今のアナトゥールの状況に、よく似《に》てる。

暗闇王《レグリオン》…、ベルギリウス二世の時代、ノルーラン国はラドルフ王国の支配下におかれ、かわりに国内の平穏《へいおん》を保っていた。

恐怖が秩序を生んでいた時代。

そして訪れた平和は、新たな恐怖の時代への入り口になった。

ほんとうに、

人間は、いつになったら争うのをやめるんだろう？

あたしの世界でも、アナトゥールでも……。

そんなふうに考えると、ラドルフ王国への旅のあいだも、あたし、ちょっと落ちこみそうになっちゃうこともあったんだ。

あたしのそんな気持ちに、王子はきっと気づいてたんだと思う。
エスファハンを発《た》って数日後のある日、
あたしに向かって、ふいにこう言ったんだ。

「ユナ、お前に会わせたい者がいる」

…って。


それは、エスファハンとラドルフ王国の国境線、シルサの町でのことだった。

この町は、アナトゥール暦で今から4年まえ、
ベルギリウス二世がエスファハンを侵略《しんりゃく》しようとした時に、激しい攻防戦が繰《く》り広《ひろ》げられた場所だ。

苦しい戦いの末に、エスファハン軍は、ようやくラドルフ軍から国境を守り抜くことができたけど。

その時、当時の国境警備隊長で、王子とあたしの大切な友人だった、ナディル・サルファンが命を落とした。

あたし達にとっては、さまざまな思い出のある町なんだ。

ラドルフ王国入りを明日にひかえ、その日、あたし達はシルサの砦《とりで》で一泊することになったの。
そして、その砦であたし達を迎《むか》えてくれた人物、
王子があたしに「会わせたい」と言った、その人は――……。

「エルムズ…、エルムズ・ルマーンね!?　なつかしい!　ずいぶん久しぶりだわ」

シルサの砦の門前で、王の一行をひざまずいて出迎えたその人を見て、あたしは思わず声をあげた。

彼は、シルサの国境警備隊長、エルムズ・ルマーン。

以前に会った時は、ナディル・サルファンの下で、副隊長の任に就《つ》いていた人だ。

彼のことは、よく覚えてる。

4年まえ、ラドルフ軍がシルサの町に攻《せ》め入《い》った時、彼も妻子を殺されたって聞いたことがあった。

そのためラドルフ人を激しく憎《にく》んでいて、ラドルフ軍の捕虜《ほりょ》たちを庇《かば》おうとしたあたしには、かなり反感を抱《いだ》いていたようなの。

でも。

久しぶりに再会した彼は、以前とは、少し雰囲気《ふんいき》が変わっているみたいで……？

「ナディル・サルファンの後任を、よく務《つと》めてくれているようだな。感謝するぞ、エルムズ」

その夜、
兵たちを休ませたあとで、王子はエルムズ・ルマーンを、あたし達の部屋に呼んだの。

「恐《おそ》れ多《おお》いお言葉でございます、シュラ王。ナディル隊長がこのシルサを守っておられた頃《ころ》と違《ちが》って、現在《いま》はもう、我が国とラドルフ王国は同盟国。国境警備とは名ばかりの、気楽な任務にございます」

王子の言葉に、微笑《ほほえ》んで答えるエルムズ隊長は、やっぱり以前とは変わった。

以前は、トゲトゲしい憎《にく》しみのオーラを身体《からだ》じゅうにまとっているような印象があったけど、今の彼からは、それは少しも感じられない。

そんな彼の顔を見ているうちに、あたし、思わず正直に言ってしまったんだ。

「ずいぶん変わったみたいね、エルムズ隊長。あ、モチロンいい意味でだけど！　なんだか性格が円《まる》くなったっていうか…」

「ユナさま」

あたしの言葉に、エルムズ・ルマーンが苦笑する。

四年まえの彼だったら、絶対に見せなかった表情だ。

「以前にお会いした折は、ユナさまにはずいぶんご無礼《ぶれい》な態度をとったものと反省しております。あの頃《ころ》の私の非礼を、お許しください」

「あっ、いやベツに、ご無礼ってほどのことは」

あんまり率直な謝罪の言葉に、あたしはますます面くらってしまう。

確《たし》かに、4年まえの国境守備戦当時、エルムズとあたしの間《あいだ》には、ちょっとした確執《かくしつ》があった。

彼は最初、異国人のあたしが王の婚約者だってことをよくは思っていなかったようだし、ラドルフ人に捕虜《ほりょ》にされたあたしを、見殺しにしようとしたこともあったっけ。

そういえば……、
彼とのことで、ひとつ、あたしには忘れられない思い出がある。

あたしが仲よくなったラドルフ人の若い兵士、

パウルっていう男の子が、戦闘《せんとう》で深手《ふかで》を負い、このシルサの砦《とりで》で息を引き取った時のことだ。

パウルの死を目の前にして、エルムズは、こう言ったの。

「ラドルフ人など、切り捨ててやって当然。いい気味《きみ》だ」

…って。

あたしは、そんな彼の言葉が許せなかった。

だけど、
エルムズもまた、戦いで愛する人を殺された犠牲者《ぎせいしゃ》だったんだ。

あたしね、エスファハンとラドルフ王国が同盟を結んでから、時々ふっと、エルムズ・ルマーンのことを思い出すことがあったんだ。

あれほどラドルフ人を憎《にく》んでいた彼は、今のこの状況を、どんなふうに受けとめているだろう…って。

その答えは、今、あたしの目の前にあった。

「ユナ、エルムズは昨年新しい妻を得て、もうじき子も産まれるそうだ」

「ほんと？」

王子の言葉に、あたしは声をはずませてエルムズの顔をのぞきこむ。

「じゃあ、エルムズ隊長、今とても幸せなのね!?」

「はあ…」

照《て》れくさそうにうなずいたエルムズが、もう一度、改まった表情であたしに向きなおった。

「ユナさまのおかげです」

「え…?」

今、なんて…?

ポカンとしているあたしに向かって、
エルムズ・ルマーンは、何かふっきれたような、穏《おだ》やかな口調《くちよう》で続ける。

「私は、ずっとユナさまの言葉が忘れられませんでした。ラドルフ人に憎《にく》しみをぶつける私に、貴女《あなた》がおっしゃられた言葉です」

「あたしの?」

「憎しみは次の悲しみを生むだけだ。悲しみを憎しみに変えて、いつまで悲惨《ひさん》な戦いをくり返すつもりなのか…と」

(あ……!)

そう。

確《たし》かにあたし、彼にそんな言葉を言ったことがある。

パウルが死んだ、あの日のことだ。

戦いの虚《むな》しさに胸をふさがれ、やりきれない気持ちでぶつけたあの言葉を、エルムズが覚えていてくれたなんて。

「あの時、私は貴女《あなた》の言葉を理解することができませんでした。ですがその後、シュラ王は、かつての敵国ラドルフと同盟を結ばれ、アナトゥールに平和をもたらされました。この国境のシルサの町にも平穏《へいおん》が訪れ、人々の顔に笑顔が戻《もど》った時、私は、初めてユナさまの言葉の意味を知ったのです」

「エルムズ隊長…」

4年まえ、ラドルフ軍の侵攻《しんこう》で、このシルサの町は焼き払われ、多くの人が無惨《むざん》に殺された。

当時は、熾烈《しれつ》な国境守備戦の拠点《きょてん》だったシルサの砦《とりで》。

負傷兵たちの血の臭《にお》いと、殺伐《さつばつ》とした空気に満ちていたこの場所で、エルムズ・ルマーンは静かな声であたしに語る。

「妻や子を殺された恨《うら》みを、忘れたわけではありません。ですが、ユナさまの言葉どおり、憎《にく》しみの報酬《ほうしゅう》は、やはり憎しみでしかないのです。私たちはどこかで、憎しみと復《ふく》讐《しゅう》の鎖《くさり》を断《た》ち切《き》らなければならないのだと…、私は、貴女《あなた》に教えていただきました」

「…………」

思いがけないエルムズの言葉に、あたしは胸がつまって、何も言うことができなかった。

違《ちが》う。

4年まえのあたしは、そんな立派なことを言ったわけじゃない。

教えられたのは、あたしのほうだ。

ノルーラン国での新たな戦いを前に、勇気をもらったのはあたしのほうだ。

人間の心の中に、憎悪《ぞうお》や、欲望や、争いや血を求める残忍な面があるとしても、それらを乗《の》り越《こ》え、平和を求める心があることも事実なんだ。

シルサ国境警備隊長、

エルムズ・ルマーンが、あたしにそれを教えてくれた。

「ありがとう、エルムズ隊長」

「ユナさま」

感謝をこめてさしだしたあたしの手を、エルムズがためらいがちに握《にぎ》る。

そんなあたし達を、シュラ王子は黙《だま》って見守ってくれていた。

満足そうな、微笑《えみ》を浮かべて。

その時、あたし思ったの。
うれしさに、
ちょっぴりくやしさもプラスして。
(ああ、また王子にやられちゃったな)
…って、ね。

4

王子は、あたしの心をよく見抜く。
あたしの不安や、落ちこみや、
そんなもの、口には出さなくたって見抜かれちゃうんだ。
王子は、あたしにやさしい手をさしのべはしない。
王子は、多くを語らない。
だけど、いつもさりげなく、
あたしを迷いの出口に導《みちび》くヒントをくれる。
このシルサの砦《とりで》で、エルムズ・ルマーンに引き合わせてくれたことも。
王子があたしにくれた、最高の〝勇気の贈り物〟――……。

「ありがと、王子」

「何がだ?」

ふたりきりになったあとで、あたしの言葉に、王子は涼《すず》しい顔でそう応《こた》えた。

知らんカオしちゃって。

ま、いいけど。

あたしもそれ以上は口にしない。

言葉にしなくても、お互《たが》いの気持ちはわかり合えてる。

結婚もまだなのに、あたし達って、結婚生活ウン十年の〝夫婦〟ってカンジ…!?


窓辺《まどべ》に肩を並べて、月明かりに白く光る、国境線の壁《かべ》をながめる。

あの壁の向こうは、アイシャさんの待つラドルフ王国。

今ではラドルフ王国女王となったアイシャさんは、この砦《とりで》で死んでいったラドルフ兵、パウルの恋人だったんだ。

彼女とあたし達が、心を通わすことができたのも、パウルとの出会いがあったおかげなんだよ。

不思議《ふしぎ》だよね、運命って。

今度の旅でも、また新しい出会いはあるかしら？

あ！　そういえば……。


「ねえ、王子、彼どうしてるかな？」

「え？」

「アレスよ。カストリア国の海賊王《ファルカス》！」

そう。

アレス・キルハート・デ・カストリア。

このまえの冒険で出会った、やんちゃなカストリア国の王子サマだ。

アレスは、アナトゥールの新大陸を探したいっていう大きな夢を持っていて、国を飛びだして、ラム海で海賊《かいぞく》をしながら、新世界探検のための資金をためようとしていたの。

アナトゥール暦で今から4か月ほどまえ、
王子とあたしは、ラム海に海賊退治《たいじ》に出かけてね。

まあ、いろいろあったんだけど、海賊王《ファルカス》の新世界探検に協力することになったんだ。

「アレス殿なら、新しい船の建造も順調で、今着々と航海の準備を進めているところだと、先日知らせてきた」

「やだ、王子！　それならそうと、早く教えてくれればいいのに」

「わ…忘れていただけだ！」

王子が戸惑《とまど》ったようにそっぽを向く。

ぷ…っ。

その理由が思いあたるだけに、あたし、ついつい顔が笑っちゃうワ。

じつを言うと、そのアレスって男の子、どういうワケかあたしに熱烈に恋してくれちゃってね。

なんとあたし、彼にキスまでされちゃったの！（ほっぺたにだけどネ）

王子があたしにアレスのことを言わなかったのって、ホントに忘れてただけ？

それとも……。


「ねえ王子」

「なんだ？」

「もしかして、ヤ、キ、モ、チ？」

「ユナ!!」

端整《たんせい》な顔が、とたんに耳まで赤くなる。

おもしろーい♡（笑）

王子にヤキモチやいてもらえるなんて、シアワセ。

〃四国平和同盟〃のリーダー的存在で、アナトゥールに平和をもたらした偉大《いだい》な砂漠王《バーディア》なんて言われてるエスファハン王にも、こーゆー子供っぽいところがあるのよね。

あたしだけが知ってる、婚約者《フィアンセ》の特権。（あ、でも、アルシェさんとかサラムさんとか、マルタさん達とかは、意外と知ってるかも!?）


「怒《おこ》るぞ、ユナ」

思わず吹きだしてしまったあたしを、王子が怖《こわ》いカオしてニラみつけた。

「ごめん、王子」

ムリやり笑いをひっこめて、あたしは王子の背中に手をまわす。

背のびして、ちょっぴり拗《す》ねてる翡翠色《ひすいいろ》の瞳《ひとみ》をのぞきこむ。

「こ、ここにできるのは、王子だけだよ」

なんて、

イタズラっぽいセリフと一緒《いっしょ》に、王子の唇《くちびる》に軽いキス。

そして、もう一度。

目を閉じたあたしの唇に、

王子が、いつもより熱いお返しのキスを……くれた。

5

と、いうワケで！

ラドルフ領内に入っても、エスファハン軍は順調に行軍を続け、エスファハンの都を出発して約2週間後に、ラドルフ王国の首都アバリンへと到着したの。

時は、アナトゥール暦1208年の、11月だ。

ベルギリウス二世との最後の戦いは、昨年の2月のことだから、あたし達がアバリンを訪れるのは、1年と9か月ぶりのことになる。

そして、彼女との再会も――――。

「シュラ王、ユナさん、お久しぶりです！」

アイシャさんだ。

黒い髪に、鮮《あざ》やかな紫《むらさき》の瞳《ひとみ》のうら若き女王、アイシャさんが、以前と変わらない、人なつっこい笑顔であたし達に笑いかける。

アバリン城の、会見の間《ま》。

「元気そうで何よりだな、アイシャ殿。アバリンの都も、2年足らずでよくここまで復興《ふっこう》された」

「シュラ王やユナさん達の、お力ぞえのおかげです。まだまだわからないことだらけだけど、重臣《じゅうしん》たちに支えられて、なんとか女王の役目を務《つと》めています」

はにかんだ顔でそう答えるアイシャさんだけど、ずいぶん〝女王サマ〟が板についたみたいだよ。

初めて会った頃《ころ》は、小柄《こがら》であどけなくて、「オテンバな女の子」ってカンジだったアイシャさん。

笑顔は変わってないけど、全体の雰囲気《ふんいき》は、ずいぶんと大人《おとな》びた。

服装や髪型のせいばかりじゃない。

一国の女王としての責任感が、彼女に威厳《いげん》と落ちつきを与《あた》えているんだと思う。

17年間、普通の農民の女の子として育ってきた彼女が、いきなり女王の座に就《つ》いて、いくらサポートする重臣《じゅうしん》たちがいるにしても、慣《な》れない政務《せいむ》をこなすのは、並たいていの苦労じゃなかったはずだよ。

アバリンに来る途中に通ってきた町や村は、以前よりずっと活気に満ちて、人々も安心して暮らしているようだった。

今、ラドルフ王国の政情は安定しているんだ。

ベルギリウス二世の最期《さいご》の時に焼き払われた都も、今ではほぼ再建されている。

立派だよね、アイシャさん。

だけど。

そんなラドルフ女王が、目下《もっか》、心を痛めていることといえば……。

「シュラ王、このたびのノルーラン国の紛争《ふんそう》の件では、わざわざおいでいただき、申しわけなく思っています。本来ならば、我が国が責任を持って解決すべきことですのに」

「いや、平和同盟の一国として、ノルーラン国の紛争解決に協力するのは当然のことだ。それに、今回の紛争は、アイシャ殿の責任というわけではない。貴女《あなた》のとられた解放政策は、誤《あやま》りではないのだから」

王子の言葉に、アイシャさんがホッとしたようにうなずく。

それから、侍女《じじょ》のソフィア・グルージュだけを残して、その場に列席していた重臣《じゅうしん》たちを退室させたの。

このソフィアさんていう女性《ひと》も、あたし達にとっては縁《えん》の深い人なんだけど、その説明はまたあとで。

ともかく、重臣のオジさん達がひとり残らず出ていったのを確《たし》かめると、アイシャ女王サマは…ね。

「あーっ、肩こっちゃった！　女王サマぶるのって、未《いま》だに疲れるのよね」

（え…？）

「ウルサイお目付け役たちはいなくなったから、カタ苦しい言葉遣《づか》いはやめて、フツーに話しましょうよ！　あ、シュラ王はそれが地でしたっけ？　生まれながらの王サマって、やっぱりスゴいわあ」

「アイシャさん…？」

さっきまでの、威厳《いげん》タップリな女王サマぶりとは、うってかわったこの態度！

あたしも王子も、一瞬《いっしゅん》アゼンとしちゃったけど、そのあと思わず、顔を見合わせて吹きだしちゃった。

「アイシャさんらしーっ!!」

やっぱりアイシャさんは、こうでなくちゃ!!

立派な女王サマに成長してくれたのはうれしいけど、あんまり落ちついちゃったら淋《さび》しーもんね。

「ユナさん、元気だった？　久しぶりに会ったら、なんかキレイになったみたーい！」

「やっだー、ウソ、うれしーっ♡　そーゆーアイシャさんこそ!!」

…なんて。

お友達ノリできゃいきゃい言ってるあたし達の横で、王子はちょっとあきれた顔してたけどね！

さあ、アイシャさんとの再会の次は、いよいよノルーラン国に向けて出発だ。

力を合わせてがんばろう！

ね、はねっかえりの女王サマ。

きゃーーっ♡

6

ノルーラン国に紛争《ふんそう》が勃発《ぼっぱつ》したのは、アナトゥール暦1208年の1月。
今から10か月ほどまえのことだ。
これまでの戦闘《せんとう》や虐殺《ぎゃくさつ》事件《じけん》で、犠牲者《ぎせいしゃ》の数は2万人を超《こ》える。
家を焼かれ、難民となっている人の数は、3万人以上。
これ以上の犠牲を出さないためにも、一刻《いっこく》も早く、戦いをやめさせなければならない。

アバリンでアイシャさんと再会した翌日、
あたし達は、ノルーラン国の首都、エルグに向けて出発した。
エスファハン兵3千と、5千のラドルフ兵は、ひとまず国境近くのクローヴィスの町で待機《たいき》させ、あたし達はごく少数の側近だけを連れて、エルグ城へと赴《おもむ》いたの。

まずは、ノルーラン国のフェルデン王と、話し合いを持つためだ。

「これはエスファハン、ラドルフ両国王ともども、おそろいでよくおいでくださりましたな。恐悦至極《きょうえつしごく》にございますぞ」

エルグの王城で、

そう言ってあたし達を出迎《でむか》えたフェルデン王は、年の頃《ころ》は50代半ば。

白髪まじりの灰色《はいいろ》の髪に、細いブルーの瞳《ひとみ》、

小柄《こがら》で、こう言っちゃあ失礼だけど、いまいち卑屈《ひくつ》で貫禄《かんろく》に欠ける王サマだ。

ついこのあいだまで、ラドルフ王国の〝操《あやつ》り人形〟だったってのもうなずけるカンジ。

二大国の両王が、そろってなんのために来たかくらい察しているはずなのに、そ知らぬ顔で愛想《あいそ》笑いしちゃって。

でも。

エスファハン王が単刀直入《たんとうちょくにゅう》に話の本題に入ると、フェルデン王の愛想笑いも、ひっこまざるを得なかった。

王子はフェルデン王に、紛争《ふんそう》が起こってからこれまでの経緯《けいい》と、現在の国内の情勢を報告するよう求めたんだ。

フェルデン王の話によるとね。

昨年秋、ラドルフ王国がノルーラン国の支配を解《と》いた頃《ころ》から、オシュレム人たちの間《あいだ》に、ノルーラン国からの分離独立を望む声が起こった。

急進派の勢力が、ラヴァール人と小ぜり合いを起こすことはあったけど、それを治めていたのは、オシュレム人に信頼の厚い指導者、ファーディル・エルヴァンという人物だったそうだ。

けれど、今年の初め、
そのファーディル・エルヴァンが何者かによって暗殺され、それをラヴァール人の仕業《しわざ》と考えたオシュレム人たちが、報復と称してラヴァール人たち数十名を虐殺《ぎゃくさつ》したそうなの。

それをキッカケに、国じゅうでラヴァール人とオシュレム人の抗争《こうそう》が勃発《ぼっぱつ》。

野蛮《やばん》なオシュレム人たちは、かつての隣人《りんじん》であるラヴァール人に対し、虐殺、略奪《りゃくだつ》、焼《や》き討《う》ちと、蛮行の限りをつくした。

しかしラヴァール軍は勇敢《ゆうかん》にオシュレム人と戦い、現在、戦況《せんきょう》は、ラヴァール側に圧倒的に有利。

オシュレム人は、古巣である山間部に逃げこみ、悪あがきともいえる抵抗活動《レジスタンス》を続けている。

…と、まあこんなカンジ。

もっとも、フェルデン王はラヴァール人だから、どこまで公平に事実を伝えているかは、疑わしいもんだけどね。

「オシュレム人の抵抗軍《レジスタンス》は、自らを、オシュレム民族解放のために戦う〝聖戦士《シエルザート》〟などと称しております」

「聖戦士《シエルザート》？」

王子が興味を引かれたのを見て、フェルデン王は、憎々《にくにく》しげな口調《くちょう》であとを続ける。

「聖戦士《シエルザート》などと、たいそうに銘打《めいう》って、その実は、冷酷非道《れいこくひどう》で薄汚《うすぎたな》い殺人者の集団でございます。善良なラヴァール人が、どれだけ奴《やつ》らの犠牲《ぎせい》になりましたことか」

「その報復に、ラヴァール人はどれだけオシュレム人に犠牲を求めた？」

「……！」

王子の辛辣《しんらつ》な言葉に、フェルデン王の顔が引きつった。

そんなフェルデン王を見すえて、王子が低い声で言う。

「我々がここに来たのは、ラヴァール、オシュレム双方《そうほう》に、これ以上の犠牲を出さないためだ。フェルデン王。エスファハン、ラドルフ両国は、アナトゥール平和同盟の名において、この紛争《ふんそう》の終結を求める。我々の立ち会いのもとに、早期にオシュレム側指導者との話し合いを持たれたい」

「…………」

エスファハン王の、この断固たる申し入れに、フェルデン王も、その場に列席していたラヴァール人の重臣《じゅうしん》たちも色を失《な》くした。水を打ったように静まりかえった会見の間《ま》で、あたしとアイシャさんは、息をつめてフェルデン王の答えを待つ。

でも……。

しばしの重い沈黙《ちんもく》ののち、

フェルデン王は、せいいっぱいの威厳《いげん》を見せてこう答えたんだ。

「エスファハン王。いくらエスファハン、ラドルフ両国のお申し入れとはいえ、それは了承《りょうしょう》しかねます。何故《なぜ》なら、今回の紛争は我々が望んだものではなく、オシュレム人側から不当に仕かけられたものだからです。オシュレム人が、我が国からの分離独立などという愚《おろ》かな望みを捨てるまで、我々は戦わなければなりません」

アナトゥール平和同盟対ラヴァール人。

第一回交渉《こうしょう》――――決裂《けつれつ》。

まあ、

予想は……してたけどね。

7

ラヴァール人側に対する、第一回停戦交渉《こうしょう》は、あえなく拒否《きょひ》された。

とはいえ、それは覚悟《かくご》していたことだったから、あたし達は意気消沈《いきしょうちん》することもなく、次の目的地に向けて出発したんだ。

もとよりあたし達の目的は、ラヴァール人、オシュレム人双方《そうほう》と会談し、ふたつの民族の歩み寄りの方法を見つけることだ。

次は、オシュレム側の代表者、
例の、〝聖戦士《シエルザート》〟と名乗る民族解放軍と、コンタクトをとらなければならない。

ノルーラン国の国土は、エスファハンやラドルフ王国に比べると、ずっと小さい。

国土のまん中を、セナータ川という一本の川が流れているんだけど、この川は、歴史的に深い意味を持っているんだって。

もともとこの北の地に住んでいたのはオシュレム人だったって、エスファハンでアルシェさんが説明してくれたのを覚えてる?

数百年まえに、南方から移動してきたラヴァール人に征服《せいふく》されてしまった…って。

それからずっと、ふたつの民族は、このセナータ川をはさんで国土を奪《うば》い合《あ》う戦いを続けてきたんだって。

で、百年ほどまえに、ラヴァール人の王がようやくふたつの民族を統合してノルーラン国を建国した時、
ラヴァール人とオシュレム人は、このセナータ川に架《か》かる橋の上で手を取り合ったんだそうだ。

30年まえに起こった紛争《ふんそう》が終結した時もね、ラヴァール人の王と、オシュレム人の指導者が、この橋の上で、平和と友好の誓《ちか》いを結んだの。

だから、このセナータ川に架かるいちばん大きな橋は、〝誓いの橋〟と呼ばれているんだって。

その時の〝誓い〟は、今は破られてしまったけれど……。

ところで、
今回ノルーラン国入りしている平和使節団のメンバーは、例によってとても身軽。

エスファハン側は、王子とあたし、マルタさん&《アンド》リタさん、サラム・リアードにイーサー・ハザルという、いつもの最強（?）チーム。

ラドルフ側は、アイシャさんと、侍女《じじょ》のソフィア・グルージュ。

それに護衛《ごえい》の兵士が3名。

ラドルフ王国の重臣《じゅうしん》たちは、女王にはもっと多くの護衛が必要だって主張したけど、アイシャさんは強引《ごういん》に退《しりぞ》けた。

何事も、数が多けりゃいいってモンじゃないもんね。

ノルーラン国の首都エルグを発《た》ったあたし達は、セナータ川を越《こ》え、聖戦士《シエルザート》の拠点《きょてん》のある、北部のアゼリア山をめざす。

ノルーラン国からの独立を求めて立ち上がったものの、少数民族であるオシュレム人に戦況《せんきょう》は不利。

アゼリア山では、ラヴァール人に家を追われた数千人のオシュレム人たちが、難民生活をおくっているらしい。

ラヴァール人とオシュレム人との民族対立の歴史の中で、オシュレム人は何度もこの山に追いこまれたことがあるから、彼らにとってアゼリア山は、民族の故郷みたいなものだそうだけど。

「しっかし寒いですよね。まだ11月だってのに、エスファハンとはえらい違《ちが》いだ」

石コロだらけの山道《さんどう》を上りながら、イーサー・ハザルがクシャミまじりの愚痴《ぐち》をこぼす。

空は真冬のような鉛色《なまりいろ》。

山から吹き下ろす風は、厚手の服を着ていても、身を切られるように冷たい。

確《たし》かに北国ノルーランは、砂漠の国エスファハンとはワケが違う。

「ボヤくな、イーサー。この寒さだからこそ、早急に紛争《ふんそう》を解決する必要があるんだ」

王子が振り返って、イーサーとみんなに向かって言った。

「あと1か月もすると、この国には雪が降り始める。山にこもった避難民《ひなんみん》たちには、飢《う》えと寒さで、また多くの犠牲《ぎせい》が出るかもしれない」

王子の言葉に、あたし達一同、気を引きしめてうなずきあう。

寒いだの、山道が辛《つら》いだのって、言ってる場合じゃないよね。

それに、ここはもう聖戦士《シエルザート》の本拠地、アゼリア山。

王子の予想だと、そろそろお迎えが来る頃《ころ》のはず。


（あ……！）

ホラ、案《あん》の定《じょう》。

その時、
山道《さんどう》を上るあたし達一行の耳に、近づいてくる馬のいななきと、蹄《ひづめ》の音が聞こえた。

「やっと来たようだな」

あたしの隣《となり》で、王子が悠然《ゆうぜん》と微笑《わら》って言う。

何かを受けて立つ時に、王子が見せる、挑《いど》むような強気の表情《カオ》。

冒険はここからが本番なんだ。

あたしの胸も、そんな予感に奮《ふる》い立《た》つ。

「来ましたわ！　ユナさま」

荒々しく山道を駆《か》け下《お》りてくる数騎の馬に、マルタさんとリタさんが、両側からあたしの腕を握《にぎ》った。

ふたりが緊張するのも、ムリはない。

近づいてくる数騎の馬と、大柄《おおがら》な馬上の人たちは、どう見たって〝山賊《さんぞく》〟って風体《ふうてい》なんだもの。

彼らが、あたし達のめざす聖戦士《シェルザート》だってことは、わかっていてもね。

護衛《ごえい》のラドルフ兵たちも、いつでも剣を抜けるような体勢で、女王のまわりを固める。

だけどさすがにアイシャさんは、臆《おく》した様子《ようす》もなく、近づいてくる聖戦士《シェルザート》たちを見すえていた。


ヒヒーン、ブルル…

あたし達の目前で、馬は手綱《たづな》を引かれて停止した。
1、2…全部で6騎の馬が、あたし達のまわりを取り囲んでいる。
乗り手はいかつい顔をした、屈強《くっきょう》な若い男たち。

でも……。


（あ…）

あたしはその時、彼らの中に、ひとりだけ女性が交じっていることに気がついたの。

気がついた…というか、自然に彼女に目が引きつけられたってカンジかな？

キレイな女性《ひと》だった。

ムサくるしい男たちの中で、ひとりだけ場違《ばちが》いに。

年は、あたしより少し上くらいだろうか？

キリッとして、意志の強そうな顔立ち。

後ろでひとつに束《たば》ねられた長い髪は、ツヤやかな赤だ。

瞳《ひとみ》は…、なんて不思議《ふしぎ》な色だろう？

濃《こ》く明るい鮮紅色《せんこうしょく》。

紅《くれない》…とは、ちょっと違う。

炎《ほのお》のような……緋色《ひいろ》？

「誰《だれ》だ？　お前たちは」

あたしだけじゃなく、その場の誰もが、少なからずその女性《ひと》に見とれていたんだと思う。

そんな彼女の問いかけに、あたし達はようやく我に返った。

「オシュレムでも、ラヴァールでもないようだな。異国人が、この山に何をしにきた？」

女性にしては少し低く、凛《りん》と張りつめた声だった。

他の男性たちが、黙《だま》って彼女の詰問《きつもん》を見守っているところを見ると、女だてらに彼女がこの一団のリーダーなんだろうか？

馬上の彼女を見上げて、シュラ王子が問いかける。

「そなた達は、オシュレム人の聖戦士《シェルザート》か？」

「だとしたら？」

「私はエスファハン国王、シュラ・サーディン。こちらはラドルフ国女王、アイシャ・オーガス陛下《へいか》。我々は、アナトゥール四国平和同盟の代表として、貴殿たちに、早急にラヴァール人との戦闘《せんとう》を停止するよう、申し入れにきた。我々を、聖戦士《シェルザート》の指導者のもとへ案内していただきたい」

「エスファハンとラドルフの王サマだと⁉」

男たちの間《あいだ》から、嘲《あざけ》りと怒《いか》りの入りまじった声があがる。

「ふざけるな！　大国の王が、たいした兵も連れずにこんな所まで来るものか！」

「待って！」

いきり立つ男たちを、例の女性が鋭《するど》く制した。

馬上から王子を見すえる、射抜《いぬ》くような緋色《ひいろ》の瞳《ひとみ》。

静かだけど、毅然《きぜん》とした翡翠色《ひすいいろ》の瞳《ひとみ》が、その視線を受けて立つ。

「あなたは、信じてくれるのか？」

緊迫《きんぱく》した空気を破って、王子が彼女に問いかける。

緋色《ひいろ》の瞳の女性は、ニコリともせずに答えた。

「こんな山の上まで、わざわざ危険を冒《おか》して嘘《うそ》を言いにくるバカはいないわ」

「違《ちが》いない」

王子が、頰《ほお》にかすかな微笑《えみ》を浮かべた、
その時、
鉛色《なまりいろ》の雲の間《あいだ》から、夕日がわずかに顔をのぞかせた。

オレンジ色の光の中に、馬上の彼女の姿《すがた》が、クッキリと浮かびあがる。

（あ…）

（燃えるようだ）

夕日に照《て》らされた、髪も、瞳《め》も。

まるで燃えたつ炎《ほのお》のように、激しく美しく輝《かがや》いている。

(緋色《ひいろ》の……聖戦士《シェルザート》)

ふと、頭に浮かんだそんな言葉を、
あたしはそっと、心の奥でかみしめた。
もしかしたら、この女性《ひと》が、
今回のあたし達の冒険の、鍵《かぎ》を握《にぎ》る人物なのかも……?

夕日がくれたかすかな予感に、
ひそかに胸を、ざわめかせて。

8

あとから聞いたことだけど、
彼女の名前は、レンディータ・エルヴァン。

アゼリア山の山道《さんどう》警備にあたっていた、聖戦士《シェルザート》の女戦士だった。

あたし達は、このレンディータさんの案内で、山中にある聖戦士《シェルザート》の砦《とりで》へと向かったんだ。

アゼリア山の山頂には、数百年まえにオシュレム人の建てた山城《やまじろ》がある。

かつてラヴァール人に追われたオシュレム人たちが隠《かく》れ住《す》んでいたという、村落の跡も。

現在《いま》、古い山城は聖戦士《シェルザート》の砦となり、周囲の村落跡は、国じゅうから家を追われて逃げてきた、オシュレム人たちの避難所《ひなんじょ》となっていた。

山道《さんどう》は聖戦士《シエルザート》によって固く守られているために、ラヴァール人たちも、ここまでは手が出せないらしい。

山城《やまじろ》で引き合わされたオシュレム人たちの現在の指導者は、バルザス・レイモンという人物だった。

年齢は、フェルデン王と同じ、50代半ばというところ。

赤茶色の髪とヒゲ。

ガッシリした体格と、鋭《するど》い眼光の持ち主。

いかにも抵抗軍《レジスタンス》のリーダーにふさわしい、勇《いさ》ましく、威圧的《いあつてき》な印象を受ける男性《ひと》。

最初は、突然のエスファハン、ラドルフ国王の来訪に驚《おどろ》いていた彼だけど、そこはさすがに指導者の器《うつわ》だ。

礼儀正しくあたし達を迎《むか》え、エスファハン王の停戦のすすめに耳を傾《かたむ》け。

でも……。

やはり、オシュレム人指導者から返された返答も、
キッパリと、拒否《ノー》だった。

「それではどうしても、戦いをやめる意思はないと？」

「ありません」

薄暗《うすぐら》く、冷え冷えとした山城《やまじろ》の一室で、

バルザス・レイモンは、エスファハン王の問いかけに、堂々と胸を張って答える。

「もとよりこの北の地は、我々オシュレム人のものでした。それを卑怯《ひきょう》なラヴァール人どもに奪《うば》われ、数百年もの長きにわたって、屈辱《くつじょく》の支配に耐《た》えてきたのです。我々は今度こそ、ラヴァール人からの独立を勝ち取るまで戦う覚悟《かくご》です」

「ラヴァール人とは、先年まで、手を取り合い隣人《りんじん》として共存していたではないか」

「それは、我々の屈辱と犠牲《ぎせい》の上に成り立っていた、偽《いつわ》りの平和です」

バルザスが、鋭《するど》い赤茶色の瞳《め》を光らせる。

「30年まえに、我々が独立を求めて立ち上がった時も、ラヴァール人によって、多くのオシュレムの血が流されました。当時の指導者、ファーディル・エルヴァンによって和平が結ばれはしましたが……、その彼も、結局はラヴァール人の凶刃《きょうじん》に倒《たお》れたのですから」

（ファーディル・エルヴァン）

その名前を耳にして、あたしはふと、部屋のすみにいる例の女性に目を移した。

彼女の名前は、レンディータ・エルヴァンて言ってた。

もしかしたら…、
暗殺された指導者、ファーディル・エルヴァンとは、何か関係があるんだろうか？

「エスファハン王、ご自分の国を持つあなたに、我々の気持ちはわかりません」

バルザス・レイモンは、なおも、熱のこもった感傷的《かんしょうてき》な口調《くちょう》で語り続けている。

「我々は、我々自身の国と、自らの運命を、自らで決める権利を求めて戦っているだけなのです。我々の戦いは正義であり、聖戦です。オシュレム人は、民族の誇《ほこ》りにかけて、たとえ最後のひとりとなっても戦い抜くでしょう」

オシュレム人指導者の熱い言葉を、王子は静かに受けとめていた。

そして、そんなエスファハン王に向かって、バルザスは、ついにこんな意外な言葉まで口にしたの。

「エスファハン王、どうか我々の戦いに、お力を貸してはいただけないでしょうか」

「………」

これには、王子の表情も少し動いた。

バルザスはそれを見てとって、たたみかけるようになおも言う。

「失礼ながら、ここにいらっしゃるラドルフ女王も、もとは一介《いっかい》の農民でいらしたはずだ。それをエスファハン国が支援《しえん》し、農民革命を成功させ、前国王を倒《たお》して王位に就《つ》かれたのではありませんか？　ラドルフ女王、農民の自由を求めて戦ったあなたになら、我々の気持ちがおわかりになるはずだ」

「それは…」

いきなり話をふられて、アイシャさんも戸惑《とまど》っている。

停戦をすすめにきたあたし達に、逆に戦いへの協力を願い出るなんて…、このバルザスという人物、なかなかに大胆《だいたん》というか、強引《ごういん》というか。

ともかく、ひと筋縄《すじなわ》ではいかないタイプだってことは、……確《たし》かなようだ。

9

——それから。

オシュレム人独立のための聖戦に、力を貸してほしいと主張するバルザスと、あくまで停戦をすすめる姿勢を崩《くず》さない平和同盟側と、両者の主張は平行線のまま、交渉《こうしょう》は決裂《けつれつ》に終わったの。

確《たし》かに、バルザス・レイモンの言うことにも一理《いちり》ある。

あたし達はベルギリウス二世との戦いで、自由と権利を求めて立ち上がった農民たちの革命を支援《しえん》し、ラドルフ王国の運命を変えた。

けれどそれは、圧政と侵略《しんりゃく》でアナトゥール全体の平和を脅《おびや》かしていた、暗闇王《レグリオン》が相手だからこそできたことだ。

アナトゥールには、ノルーラン国以外にも、複数の民族が寄り集まって共存している国がある。

例えば、月光王《ムーンシャイア》の国、シルハーン国。

民族の独立が無制限に許されるとしたら、この世界の秩序《ちつじょ》はメチャメチャになってしまう。

それに、あたし達が一方的にオシュレム側に荷担《かたん》することになれば、今度はラヴァール側の気持ちが収まらないだろう。

難しい……。

すぐに答えを出すことはできない、難しい問題。

だからあたし達は、しばらくのあいだ、このアゼリア山に逗留《とうりゅう》することにしたの。

聖戦士《シエルザート》の砦《とりで》と、オシュレム人避難民《ひなんみん》の様子《ようす》を視察し、よりよい方策を考えようってことになったんだ。


カツカツカツ…

硬《かた》い石の床《ゆか》に、前を歩くレンディータさんの足音が響《ひび》く。

女性にしては背が高い。

シャンと背筋《せすじ》を伸ばして歩く、潔《いさぎよ》い後《うし》ろ姿《すがた》。

彼女はバルザスから、あたし達の世話…というか、監視役《かんしやく》を命じられたらしかった。

「あなた方には、この部屋を使ってもらいます。食事は1日2回。砦《とりで》や避難所《ひなんじょ》を歩きまわる時は、私か仲間が案内します」

城内の一室にあたし達を案内すると、レンディータさんは、抑揚《よくよう》のない声で言った。

寒々として、粗末《そまつ》な部屋。

重要な味方になるかもしれないお客だからって、厚遇《こうぐう》するほどの余裕《よゆう》は、この砦にはないらしい。

まあ、それでも、
今までの冒険の中じゃあ、もっとひどい所に泊《と》まったことはいくらでもあるから、今回は上等なほうかもね。(笑)

王サマだろーがなんだろーが、いつもフカフカのベッドで寝られるほど、アナトゥールは甘《あま》くない！

「それでは、私はこれで」

「あ、待って。レンディータさん」

その時、部屋から出ていこうとした彼女に、あたしは思いきって声をかけた。

ひとつ、彼女に質問したいことがあったから。

それは…。


「ねえ、レンディータさん。まえのオシュレム人たちの指導者、ファーディル・エルヴァンていう人は、もしかしたらあなたの…」

「…父です」

一瞬《いっしゅん》の間《ま》をおいて、レンディータさんが短く答えた。

(やっぱり)

というように、王子もうなずいて、彼女に話しかける。

「30年まえの紛争《ふんそう》を治め、〝民族の調停者〟と呼ばれていたというファーディル・エルヴァンは、そなたの父上であったか。いずれ、詳《くわ》しく父上の話を聞かせてほしい」

「聞いてどうするの!?」

初めて、レンディータさんが声に感情を表した。

山道《さんどう》で出会ってから今まで、ずっと冷たい無表情のままだったのに。
薄暗《うすぐら》い部屋の明かりの下《もと》で、彼女の緋色《ひいろ》の瞳《ひとみ》が憎《にく》しみに揺《ゆ》れる。
その燃えるような瞳《め》で、あたし達を見わたすと、
レンディータさんは、美しい顔を苦しげに歪《ゆが》めて言ったんだ。

「父は殺された。ラヴァールの奴《やつ》らにね。父だけじゃないわ。母も…、小さな弟や妹たちも一緒《いっしょ》に切り殺されたのよ！」

「レンディータさん？」

「私はラヴァールの奴らを許さない！　父や母の恨《うら》みをはらすまで、決して戦いをやめやしないわ!!　私は……」

必死で感情を抑《おさ》えようとするように、レンディータさんは、燃える瞳を閉じた。

深呼吸して、もう一度、瞳を開けた時、
彼女の中の憎しみと怒《いか》りの炎《ほのお》は、少しだけ治まったようにも見えたけど……。

「とにかく、聖戦士《シェルザート》は停戦には応じない。それだけは覚えておいて」

カツン！

踵《きびす》を返し、レンディータさんは部屋を後にする。

もとどおり、冷たい女戦士の仮面をつけて。
そんな彼女の後《うし》ろ姿《すがた》を見送りながら、
あたしは、無意識のうちに王子の手を握《にぎ》っていた。

ここにも、悲しい戦いの犠牲者《ぎせいしゃ》がいる。
彼女を憎《にく》しみの呪縛《じゅばく》から解《と》き放《はな》つために、
あたし達には、何ができるんだろう……？

その時、あたしは、
愛する人の温《ぬく》もりの中に、その答えを探そうとしていたんだ。

10

さて、突然ですが、
ここで、あたし達が今までの冒険で学んできた、『エスファハン流冒険の心得《こころえ》』を、みなさまにご紹介しましょう！
その1、
相手のことを知るためには、まず、相手の懐《ふところ》に飛びこむこと。
その2、
どんな場所にもすぐなじむ。
その3、
どんな状況においても、自分たちのできることをする。
以上！

てなワケで、
しばらく聖戦士《シェルザート》の砦《とりで》で過ごすことになったあたし達は、ただボーッとしてるわけにはいかなかった。

オシュレム人たちの状況を知るためには、彼らの中に入っていったほうがいいもんね。

それに、このアゼリア山には、紛争《ふんそう》で傷ついた人たちや、家や家族を失《うしな》った避難民《ひなんみん》たちが、毎日続々とやってくるの。

あたし達だって、他人事《ひとごと》みたいに知らんカオはしてられない。

とりあえず、あたしとアイシャさん、マルタさん&《アンド》リタさんの女性チームは、避難民たちの世話を手伝うことにした。

男性陣は、難民が増えるごとにどんどん足りなくなる避難小屋作り。

エスファハンの王さままで一緒《いっしょ》になってガンガン働くもんだから、聖戦士《シェルザート》のメンバーのほうが面くらってるくらいよ。

だいたい王子にしたってアイシャさんにしたって、おとなしく王座に座っているよりも、自分で身体《からだ》動かして何かしてるほうが、生き生きするって人たちだから。(笑)

一方、サラム・リアードだけは、王の命《めい》で単身アゼリア山を下りた。

彼には、ひとまず国境近くで待機中《たいきちゅう》のエスファハン・ラドルフ連合軍のもとへ、事の次《し》第《だい》を報告しにいってもらったんだ。

両国王が、オシュレム人の本拠地《ほんきょち》に行ったままで帰らないんじゃ、待ってるほうは気が気じゃないからね。

ところで、
オシュレム人の自由と独立のために、徹底抗戦《てっていこうせん》あるのみという民族解放軍、聖戦士《シエルザート》のメンバーは、国内に3千人ほどいるらしい。

バルザス・レイモンを首領とし、アゼリア山の本拠地と連絡を取りながら、今も各地でゲリラ戦を続けている部隊もいるそうだ。

それに、アゼリア山の避難民《ひなんみん》たちへの、食糧補給部隊。

でも、冬になって雪が降りだすと、この山は雪に閉ざされ、食糧の補給も難しくなる。

強がってはいても、聖戦士《シエルザート》たちは、今後の戦いにかなりの危機感を抱《いだ》いていたはずだ。

そこへやってきたエスファハン・ラドルフの両国王は、彼らにとっては、まさに〝救いの神〟…というか、〝飛んで火に入《い》る夏の虫〟というか。

バルザス・レイモンが、なんとしてでも両国の協力を得ようと決意していることは確《たし》かだった。

もっとも、
ひと言「停戦に応じる」とさえ言ってくれれば、
あたし達は彼らを救うために、どんな協力も惜《お》しまないのに……。

「はいはい、並んで並んでー。押さないの、ちゃんと人数分あるからね」

なんて言いながら、避難民《ひなんみん》の子供たちに食事のスープを配っているあたしは、さしずめ国際赤十字のボランティアか、給食のおねーサン?

このアゼリア山には、5千人ちかくの避難民たちが生活している。

自分たちで自活できる人たちはいいけれど、負傷者やお年寄り、子供たちには、助けの手が必要だ。

それに、戦いで多くの犠牲《ぎせい》を強《し》いられ、心に深い傷を負った人たちにも。


「あれ? マルタさん、アイシャさん達は?」

孤児《こじ》になってしまった子供たちばかりを集めた小屋で、三つの男の子のハナ水をふいてあげながら、あたしは傍《かたわ》らのマルタさんに問いかける。

マルタさんとリタさんは、さっきから赤ん坊のおしめを取りかえるのに大わらわだ。

慣《な》れない手つきで赤ん坊をあやしながら、マルタさんが、声をひそめてあたしの問いかけに答える。

「アイシャさまとソフィアさんなら、例の、女性たちの小屋へ行かれましたわ」

（あ…）

そう言うマルタさんの顔が、急に曇《くも》ったのには、理由《わけ》があるの。

「例の女性たち」――――。

とても言いにくいことだけど、
その女性たちっていうのはね、ラヴァール人によって、性的暴行《レイプ》を受け、妊娠《にんしん》している人たちのことなの。

戦時下で行われる残虐《ざんぎやく》行為は、虐殺《ぎやくさつ》や略奪《りやくだつ》だけじゃない。

もうひとつ、性的暴行《レイプ》っていうのも、女性に対して行われる、このうえもなく残虐非道《ひどう》な行為だ。

このアゼリア山には、そんな行為の犠牲《ぎせい》になった女性たちも、大勢逃げてきているんだよ。

アイシャさんと侍女《じじょ》のソフィアさんは、とくに、その女性たちの世話に心をつくしている。

と、いうのもね……。

「離して！　離してよ!!　ラヴァール人の子を産むくらいなら、死んだほうがマシだわ!!」

あたし達がその小屋に足を踏《ふ》み入《い》れた時、「女性たちの小屋」では、ちょっとした騒《さわ》ぎが起こっているところだった。

お腹《なか》の大きなオシュレム人女性が、短刀《たんとう》を手にして暴《あば》れている。

その手に取りすがっているのは、アイシャさんとソフィアさんだ。

「やめて！　何してるの!?」

あたしも加わって、ムリやり彼女の手から短刀をもぎ取る。

武器を奪《うば》われた女性は、その場にガックリとくずおれて泣き始めた。

（まただ…）

あたしとアイシャさんは、黙《だま》って暗い視線をかわしあう。

この女性は、数日まえにも発作的に自殺を図《はか》ろうとしたことがあるんだ。

確《たし》か…、名前はミルダさんて言ったっけ。

この紛争《ふんそう》が起こってまもない頃《ころ》に、彼女は夫を目の前で殺され、ラヴァール人に性的暴行《レイプ》されたんだって。

身ごもっているのがわかってからは、何度も死のうとしたけれど死にきれず、臨月《りんげつ》を迎《むか》えてしまった。

このままいけば、彼女がここでラヴァール人の子を出産する、一人目の女性になるはずだけど……。

「簡単《かんたん》に死ぬことを考えてはダメ！　いつかきっと、生きていてよかったと思える日が来ますわ」

泣きじゃくるミルダさんの側《そば》にひざまずいて、やさしく声をかけているのは、アイシャさんの侍女《じじょ》のソフィア・グルージュだ。

彼女のミルダさんへの言葉は、決してうわべだけのなぐさめではなく、心からのものだろう。

何故《なぜ》って、

じつはこのソフィアさんも、ここにいる女性たちと、似《に》たような経験をしているのだから。

ソフィア・グルージュという女性《ひと》のことを、話すのがまだだったね。

彼女は、もとはラドルフ王国の武将《ぶしょう》の娘。

4年まえ、ラドルフ王国がエスファハンに侵攻《しんこう》してきた時、その総指揮《そうしき》をとっていた、グルージュ将軍の娘なの。

グルージュ将軍はエスファハン遠征《えんせい》に失敗した責任を取らされ、ベルギリウス二世から厳《きび》しい制裁《せいさい》を受けたんだ。

地位と領地の剝奪《はくだつ》、追放。

そのうえ、息子は殺され、妻と娘は下級兵士たちの慰《なぐさ》み者《もの》に。

つまり、ソフィアさんもここにいる女性たちと同じように……。

ソフィアさんも、一度は自ら命を絶《た》とうとしたことがあるそうだ。

彼女の首には、その時の傷が、まだ残ってはいるけれど、
今は縁《えん》あってラドルフ女王の侍女《じじょ》となり、こんなに強く立ち直っているんだよ。

でも……。

「離して！」

ソフィアさんがさしのべた手を、ミルダさんは腹立たしげに振りはらった。

「あんた達なんかに、あたしの気持ちがわかるもんか！」

涙に濡《ぬ》れた赤茶色の瞳《ひとみ》が、憎《にく》しみをこめて、あたし達をニラみつける。

「殺してやる」

大きく突《つ》きだしたお腹《なか》を抱《だ》いて、ミルダさんがうめくようにつぶやいた。

「ラヴァール人の子が産まれたら、あたしがこの手で殺してやるわ！」

「……！」

ミルダさんの口から飛びだした、その恐《おそ》ろしい呪《のろ》いの言葉に、
あたし達は凍《こお》りつき、その場に茫然《ぼうぜん》と立ちつくした。
アナトゥールでの冒険の中で、
あたしは今まで、たくさんの深い悲しみや、憎しみの感情と出会ってきた。
だけど、今のこの女性のひと言ほど、胸をえぐられたことはない。
もうじき母になろうとしている女性《ひと》が、産まれてくる子を殺す…なんて。
小屋のあちこちからは、他の女性たちのすすり泣きが聞こえ始めた。

みんな、ミルダさんと同じように、ラヴァール人の子供を身ごもっている人たちだ。
「ユナさま…」
側《そば》にいたマルタさんとリタさんが、震《ふる》える声であたしを呼んだ。
彼女たちの目には、涙がいっぱいたまってる。
ソフィア・グルージュも、
気丈《きじょう》なアイシャさんも。
そして、あたしも……。

そう、
こんなのって、たまらない。
女ならば、誰《だれ》だって、
こんなのって、――――たまらない!!

11

〃民族浄化《エスニッククレンジング》〃という言葉を、聞いたことがあるだろうか？

まえにも話した、あたしの世界の旧ユーゴスラビア紛争《ふんそう》の時に、有名になった言葉だ。

意味は、「民族的に純粋《じゅんすい》な状態にすること」。

ようするに、殺害や追放、性的暴行《レイプ》などの方法で、他民族を排斥《はいせき》し、自分たちの支配地を拡大《かくだい》する作戦のことなんだって。

わざと残酷《ざんこく》な方法で人を殺し、女性たちに性的暴行を加えるのは、自分たちの恐《おそ》ろしさを、相手に思い知らせるためだ。

相手が恐怖から自発的に逃げ出せば、支配地の拡大はたやすくなる。

人間が人間を、まるでゴミのように〃浄化《じょうか》〃する。

なんて恐ろしい行為なんだろう。

なんて忌《い》まわしい、なんて卑劣《ひれつ》な行為なんだろう？

今回のノルーラン国の紛争《ふんそう》においても、そういった〝民族浄化《エスニッククレンジング》〟作戦が、さかんに行われたという。


でも……。

ラヴァール人とオシュレム人は、つい1年ほどまえまで、同じ村、同じ町に住む隣人《りんじん》同士だったはずだ。

歴史的に根強い確執《かくしつ》はあったとしても、
少なくともこの30年間は、平和な共存状態を保っていたという。

オシュレム人たちが、民族の独立を望んで立ち上がるまでは。

昨日《きのう》までの隣人、友人、恋人たちを、
敵同士に変えてしまったものは、なんなんだろう？
民族の血、
民族の誇《ほこ》り…って、
いったいなんなんだろう――――？

山肌《やまはだ》を渡る風は、日ごとに冷たさを増している。

空を覆《おお》った鉛色《なまりいろ》の雲からは、時折白いものが舞い落ちるようになってきた。

あたし達がアゼリア山に逗留《とうりゅう》して、1週間あまり。

停戦か、協力か。

王子とバルザスの話し合いは、あいかわらず平行線をたどっている。

雪の季節が来るまえに、なんとかこの戦いを終わらせるためには、
いよいよ、武力行使に踏《ふ》み切《き》ることも考えなければならないかも。

……と。

あたし達がひそかに話し合いを始めた頃《ころ》、
エスファハン・ラドルフ連合軍のもとへ連絡にいっていた、サラム・リアードがアゼリア山に帰ってきたんだよ。

そして、ちょうどその同じ日、
あたしが、あの女戦士のことを……。
レンディータ・エルヴァンのことを、詳《くわ》しく知るキッカケとなる、
い、い、ある事件が、聖戦士《シエルザート》の砦《とりで》で起こったんだ。

「ごくろうだったな、サラム。クローヴィスに待機中《たいきちゅう》の兵たちに、変わりはなかったか」

「はい。ジファール、クライス両将軍には、王のご意向をよく申し伝えました。ただし、お留守居役《るすいやく》のオーヴェル公は、アイシャ女王さまをご心配なさって、ずいぶんイライラされているようでしたが」

サラム・リアードが、いつもの温和《おんわ》な笑顔で王への報告をすませる。

あー、やっぱりサラムさんのこのホンワカした顔を見るとホッとするね。

ちなみに、ジファール将軍とクライス将軍ていうのは、それぞれエスファハン軍とラドルフ軍の司令官。

オーヴェル公は、アイシャ女王のお目付け役ともいえる重臣《じゅうしん》で、今回の遠征軍《えんせいぐん》にも同行してきたの。

あたし達がノルーラン国入りする時も、女王についていくって言い張ったんだけど、アイシャさんが、「年寄りの冷《ひ》や水《みず》だから」って、強引《ごういん》に置いてきちゃったんだよね。(笑)

ともあれ、
待機中の平和同盟連合軍は、ちゃんと統制がとれているようでよかった。

このままの状勢が続けば、やっぱりいずれは、同盟軍の武力行使によって、紛争《ふんそう》を鎮圧《ちんあつ》しなければならないかもしれないから。

「ところでシュラ王、ひとつ、ぜひお耳に入れたい情報があるのですが」

サラムさんが、ふと表情をひきしめてそう言った。

「情報だと？」

王子も、興味を引かれたように身を乗り出す。

でも、

サラム・リアードが、それを口にしようとした、その時、

城の外で、こんな叫《さけ》び声《ごえ》が聞こえたんだ。

「脱走者だ！」

「裏切り者の女を、山道《さんどう》で捕《と》らえたぞ!!」

…って。

あたし達が城の中庭に駆《か》けつけた時、

アゼリア山から脱走を図《はか》ったというその女性は、後《うし》ろ手《で》に縛《しば》られて、聖戦士《シエルザート》のメンバーに引き立てられているところだった。

茶色がかった赤毛に、赤茶色の瞳《ひとみ》の若い女性。

一見して、オシュレム人だ。

あ、まだ話してなかったよね。

じつを言うとこのアゼリア山には、オシュレム人の他に、わずかながらラヴァール人も暮らしているの。

この紛争《ふんそう》が起こるまえの平和な時代には、ラヴァール人とオシュレム人が婚姻《こんいん》を結ぶことも、珍しくはなかったんだって。

でも、お互《たが》いの民族が争うようになってからは、離婚したり、ムリやり家族と引き離されたり…。

どうしても伴侶《はんりょ》と別れられないラヴァール人たちは、自分の民族を捨てて、妻や夫と一緒《いっしょ》にアゼリア山にやってきた。

だけど、そういう人たちに対するオシュレム人からの風当たりは強く、結局は迫害《はくがい》や白い目に耐《た》えかねて、この山から逃げ出す…って。

そんなラヴァール人の脱走者は、今までにも何人かいたの。

でも、オシュレム人の脱走者っていうのは、
あたし達が知る限りでは、初めてのことだった。
いったい何故《なぜ》……？

「裏切り者！」

その時、
中庭に集まっていた大勢の避難民《ひなんみん》たちの中から、そんな声と一緒《いっしょ》に石が投げられた。

ガツッ!!

石は、捕《と》らわれの女性の肩に命中して、石畳《いしだたみ》の上に落ちる。

「裏切り者!! あたし達の夫や子供は、ラヴァール人に殺されたのに」

「あんたは、自分だけラヴァール人の夫のもとへ行こうっていうの⁉」

（え…？）


群衆《ぐんしゅう》から発せられたその言葉に、あたしはやっと、事の次第《しだい》を理解した。

あの女性の夫は、ラヴァール人で。

この紛争《ふんそう》のおかげで、夫婦は別れ別れになり、彼女だけがこのアゼリア山に身を寄せて

いたんだ。

けれど、夫のことが忘れられずに、ここを脱《ぬ》けだそうとして……。

「そう、この女は、オシュレム民族の誇《ほこ》りを捨てた裏切り者だ！」

（あ…）

おもむろに群衆《ぐんしゅう》の輪の中に歩み出て、声を張りあげたのはバルザスだった。

「民族の血と誇りを捨てて、ラヴァール人のもとへ走ろうとした愚《おろ》かな女。この女に制裁《せいさい》を与《あた》えよう！」

ワッという群衆の歓声《かんせい》の中で、バルザスは、レンディータ・エルヴァンの名を呼んだ。

いつもの冷たいポーカーフェイスで、脱走者に歩み寄ったレンディータさんの手には、革《かわ》の鞭《むち》が握《にぎ》られている。

（まさか、あれであの女性《ひと》を？）

そう直感した時には、もう鞭が唸《うな》りをあげていた。

「レンディータさん!?」

バシッ!!

鈍《にぶ》い音とともに、女性の身体《からだ》が弾《はじ》かれる。

続けて二度、三度。

聖戦士《シェルザート》の女戦士は、眉《まゆ》ひとつ動かさずに鞭《むち》をふるう。

「やめて！　レンディータさん!!」


バルザス・レイモンが、興奮する群衆《ぐんしゅう》をながめて、満足げに微笑《わら》うのが見えた。

そんな彼の〝意図《いと》〟に気づいて、あたしは背筋《せすじ》が寒くなるのを感じたんだ。

バルザスは、レンディータさんを利用してる。

レンディータ・エルヴァンは、ラヴァール人に暗殺されたまえの指導者、ファーディル・エルヴァンの娘だ。

だけど、それだけじゃない。

彼女は聖戦士《シェルザート》の中でも一目《いちもく》おかれる存在だけど、それは、彼女の容姿《ようし》によるところが大きいんだ。

オシュレム人の外見的特徴《とくちょう》は、赤毛に赤茶色の瞳《ひとみ》。

でも、実際には、長い歴史のあいだにラヴァール人との混血も進んでいるから、レンディータさんのような鮮《あざ》やかな緋色《ひいろ》の髪と瞳《め》を持つ人は稀《まれ》なんだって。

美しい緋色《ひいろ》の聖戦士《シエルザート》。

裏切り者をレンディータさんに鞭打《むちう》たせるのは、〝民族の誇《ほこ》り〟とやらを、オシュレム人たちの心に強く印象づけるためだ。

二度と脱走者を出さないために。


「もうやめろ！　レンディータ」

何度目かに、レンディータさんが鞭を振り下ろそうとした時、王子がそう叫《さけ》んで彼女の前に立ちはだかった。

あたしもやっと我に返って、倒《たお》れている女性の側《そば》に駆《か》け寄《よ》る。

彼女の顔や首には、赤い血の筋《すじ》が浮かびあがっていた。

「バルザス、もう処罰《しょばつ》は充分だろう。これ以上むごいマネはよせ」

「エスファハン王のお申し出とあらば」

王子の言葉に、バルザスは余裕《よゆう》の表情でうなずいた。

彼自身も、群衆《ぐんしゅう》に対するアピールは、もう充分と判断したんだろう。

最後に、声を張りあげて、こうダメ押しするのは忘れなかったけれど。

「個人的な感情に流されるな！　我々は、我々民族の自由と独立のために、最後までともに戦い抜くのだ‼」

…と。

事が治まったのを見て、集まっていた人たちは、バラバラとその場を離れ始めた。

でも……。

鞭《むち》をおさめたレンディータさんが、バルザスの後について歩きだそうとした時、倒《たお》れていた女性が顔を上げて、その背中に向かって呼びかけたんだ。

「レンディータ！」

（え…？）

振り向いたレンディータさんの表情は変わらないけど、
どうやら、ふたりは知り合いらしい。

傷の痛みに顔を歪《ゆが》めながら、脱走者の女性は、レンディータさんを見上げて言う。

「レンディータ、何故《なぜ》あんたは、あたしを鞭打つことができるの？」

「………」

「あんたは、本当にユーセフのことが忘れられるの⁉」

（ユーセフ？）

その名前を耳にした時、
かすかに、レンディータさんの瞳《ひとみ》が揺《ゆ》れた気がした。
だけどそれは一瞬《いっしゅん》で、
すぐに彼女は、冷ややかな声でこう答えた。
「忘れたわ」
「レンディータ!!」
カツン!!
追いすがる声を振り切るように、緋色《ひいろ》の髪の女戦士は、踵《きびす》を返して歩きだす。
（ユーセフ…って、誰《だれ》なんだろう？）
傷ついた女性の身体《からだ》を支え、レンディータさんの後《うし》ろ姿《すがた》を見送りながら、
あたしはずっと、考えていた。
きっとそれは、彼女にとって大切なひとだと思う。
もしかしたら、恋人《いい》…かも。

何故《なぜ》って？
それは、女のカンだ。
だって……。

さっき、ほんの一瞬《いっしゅん》だけ、彼女が見せた瞳《ひとみ》の色。
それは、冷たい戦士のものではなく、
確《たし》かに、女性のものだったから。

12

「ひどいことをしますわね。身体《からだ》じゅうこんなにアザができて」

オシュレム人避難民《ひなんみん》たちの救護所。

さっきの脱走女性の手当てをしながら、マルタさんとリタさんが顔をしかめる。

女性の身体の手当てだから、男性陣には遠慮《えんりょ》してもらって、あたしとアイシャさんとで、彼女の話を聞くことにしたの。

その女性の名前は、ターニャ・ナティエフといった。

ラヴァール人の妻で、この紛争《ふんそう》が始まってからも、しばらくは夫と一緒《いっしょ》にラヴァール人たちのもとで暮らしていたんだって。

だけど、どんどん戦いが激しくなるにしたがって、オシュレム人である彼女は、いつラヴァール人に襲《おそ》われるかわからなくなってきた。

彼女の身を案じた夫は、自分と別れて、ターニャさんにオシュレム人の避難地域《ひなんちいき》へ行くよう命じたんだそうだ。

「あたしは夫と引き離されて、半年もここで暮らしたわ。でも、もうたくさん！　殺されたってかまわないから、あたしはあの人の所へ帰りたい！」

…って、
ターニャさんは、オシュレムの赤茶色の瞳《め》を燃やして言った。

彼女は、レンディータ・エルヴァンとは同じ村の出身で、子供の頃《ころ》からの幼《おさな》なじみだったんだって。

そして、
あたし達は、ターニャさんから知らされたんだ。

あの冷たい女戦士に隠《かく》された、過去と、そして悲しい事情を。

「レンディータには、結婚の約束までした恋人がいたの。彼はラヴァール人で、ユーセフ・グラッドっていったわ」

（ユーセフ…）

やっぱりそれは、レンディータさんの恋人の名前だったんだ。

「1年ほどまえに、バルザス達が聖戦士《シェルザート》を名乗って、独立がどうのって言い始めた頃《ころ》から、ラヴァールとオシュレムの仲はおかしくなってきてた。けど、レンディータとユーセフは、そんなの関係ないって言ってたんだ。もうじき婚礼《こんれい》を挙《あ》げるつもりだって」

アイシャさんとあたしは、ターニャさんの言葉にうなずいて、視線をかわしあう。

そんなレンディータさん達の身に起こった〝悲劇〟に、思いあたったからだ。

それは、レンディータさんの父親、ファーディル・エルヴァンの暗殺事件。

「あの日、レンディータはユーセフと会ってた。婚礼の打ち合わせをするために。…でも、家に帰ったら、家族がみんな殺されてたんだよ。父さんも母さんも、妹や弟たちもね。むごたらしく切り殺されて、部屋じゅう血で真っ赤だったって」

マルタさんとリタさんが、後ろで小さく息をのんだ。

その時のレンディータさんの気持ちを考えたら……、

想像するだけでも、恐怖で胸が苦しくなる。

もしもあたしがそんな目にあったら、ショックでおかしくなってしまうかもしれない。

恋人と同じラヴァール人が、自分の大切な家族を殺した。

しかもその時、自分は恋人と結婚の話をしてたなんて。

彼女は、そんな自分が許せなかったんじゃないだろうか。

だから自ら戦士となり、ラヴァール人と戦おうと……。


「レンディータは、あの日から変わっちゃったんだよ」

血のにじんだ頰《ほお》の傷に触《ふ》れながら、
ターニャさんは、悲しそうに…、くやしそうにこう言った。

「子供の頃《ころ》から勝《か》ち気《き》なところはあったけど、以前はよく笑う、陽気でやさしい娘《こ》だったんだ。今は…、心が凍《こお》ってしまったみたいだよ」

あたしは、レンディータさんの、キレイだけれど冷たく無表情な顔を思い浮かべた。

悲しみに凍った心。

瞳《ひとみ》だけを、憎《にく》しみの炎《ほのお》に激しく燃やして。

「あの女性《ひと》、かわいそうだわ」

（え…？）

その時、

アイシャさんが、ポツリと言った。

「愛する人を、まっすぐに愛せない女性《ひと》は、かわいそう」

「アイシャさん？」

そう言うアイシャさんの、紫水晶《アメジスト》の瞳《ひとみ》には、
たいせつなものを抱《だ》きしめるような、やさしく、せつない光があった。

「パウルは死んでしまったけど、あたしは、今でも彼を愛してる。パウルとの思い出が、今でもあたしを支えてくれてるのよ。でも、レンディータさんは……。愛する人を憎《にく》まなければならないなんて。女として、何よりも辛《つら》いことよ」

「………」

あたしは何も言葉にできずに、
出会った頃《ころ》より大人《おとな》びた、アイシャさんの横顔を見つめてた。
ここには、悲しい女性がたくさんいる。
戦いのために、恋人を失《な》くしたアイシャさん。
戦いのために、夫と引き離されたターニャさん。
敵《かたき》の子を身ごもっている女性たち。

そして、愛する人を憎《にく》むレンディータさん。
誰《だれ》がいちばん不幸かなんて、比べることはできないけれど。
ひとつだけ、
確《たし》かにわかることはある。

戦いさえなかったら、
誰も、何も、
失《うしな》うことはなかったのに……と。

13

『夜明けまえが、いちばん暗い』

あたしは、この言葉が好きだ。

夜の中でもいちばん空が暗くなるのは、夜が明ける直前なんだって。

だけど、その暗闇《くらやみ》の時間《とき》を過ぎれば、確実に朝がやってくる。


レンディータ・エルヴァンの悲しい事情を知らされたあたしは、まさに今、夜のいちばん深いところにいるような気持ちだった。

でも、ね。

その時、夜明けは少しだけ近づいてきていたんだよ。

あたしがまだ、知らないうちに――。

「そうか…。レンディータには、そんな事情があったか」

あたしの話を聞き終えて、王子が深いタメ息をつく。

ターニャさんから聞いた話を、今、全部王子に伝えたところなんだ。

北国ノルーランの12月。

凍《こご》えそうに寒い夜なのに、
王子とあたしはひとつの毛布にくるまって、冷たい風の吹きつける、アゼリア城の物見台で話をしてる。

あたし達一行は、ずっとみんなでひとつの部屋に寝泊《ねと》まりしてるんだもの。

王子とふたりきりになれるのは、こんなトコしかないんだよ。

それでも、
あたしは充分、幸せだと思うのだけど。


明かりと暖《だん》をとるため燃やした焚《た》き火《び》が、パチパチと音をたてる。

ユラユラ炎《ほのお》が揺《ゆ》れるたび、オレンジ色の光と影が、王子の横顔に踊るようだ。

こんな静かな時間《とき》の中で、あたしは少し、申しわけない気持ちになる。

自分だけ、
愛する人の隣《となり》にいられることが……。

「ねえ、王子」

肩に、王子の温《ぬく》もりを感じながら、あたしはそっと話しかける。

「さっき、アイシャさんが言ってたんだ。レンディータさんはかわいそうだって」

「アイシャ殿が？」

「愛する人を憎《にく》まなければならないのは、女として、何より辛《つら》いことだ…って」

「…そうだな」

うなずいて、
王子は焚《た》き火《び》の炎《ほのお》に目を移す。

「あたしも、アイシャさんの言うとおりだと思う。でも、ね、王子。もしもあたし達平和同盟軍が、この国の紛争《ふんそう》を力ずくで鎮圧《ちんあつ》したとしても。レンディータさんは、恋人ともとどおりになれると思う？」

「それはたぶん、ムリだろうな。レンディータ自身が、自分の憎しみを乗《の》り越《こ》えられなければ」

「ん…。だよね」

これって、レンディータさんだけのことじゃない。

他のオシュレム人や、ラヴァール人、みんなにも言えること。

武力行使は、根本的な解決策にはならない。

だからといって、この紛争《ふんそう》を黙認《もくにん》して、みすみす犠牲者《ぎせいしゃ》が増えるのを、放っておくわけにもいかない。

やっぱり、そろそろ兵を動かす決断をしなくてはいけない時なんだろうか？


「ユナ」

その時、
あたしが王子に問いかけるよりも一瞬《いっしゅん》早く、王子があたしに向きなおった。

「ユナなら、どうする？」

「え…？」

「もしもエスファハンとユナの国に戦いが起こって、オレと同じエスファハン人が、お前の父や母を殺《あや》めたとしたら？」

「王子？」

思いがけない問いかけに、あたしはあっけにとられて王子を見返す。

真剣《しんけん》な翡翠色《ひすいいろ》の瞳《ひとみ》が、あたしの答えを待っていた。

住む世界の違《ちが》うあたしの両親を、エスファハン人が殺すことなんてあり得ない。

けど……、そうだ。

もしもあたしが、レンディータさんの立場だったらどうだろう？

この国の人たちと、同じ立場だったらどうだろう？

傍観者《ぼうかんしゃ》のままじゃ、ダメなんだ。

他人《ひと》の立場に立ってみなきゃ、他人の気持ちはわからない。

だからあたしも真剣に、
自分の心に正直に、その答えを探したんだ。

もしもあたしの両親が、王子と同じエスファハン人に殺されたとしたら…？

「そりゃ…、心が引《ひ》き裂《さ》かれるほど辛《つら》いと思うけど。だからって、王子のことを憎《にく》むことはできないよ。きっと最初は、パパとママに悪いって、素直に王子を愛することはできないかもしれないけど……。でも、ほんとは愛してる」

王子の瞳を見つめながら、答えるあたしは胸がつまった。

ほんとだ。

なんて……、想像するだけでも辛《つら》いんだろう。

でも、辛いからって、目をそらしちゃいけないことなんだ。

「正直言って、両親を殺した本人が目の前にいたら、殺してやりたいって思うかもしれない。けど、マルタさんやリタさんや、アルシェさんやサラムさん達、エスファハンの人みんなを憎《にく》むことなんてできないよ。王子を憎むことなんて、できないよ！」

だったら？

だったら、あたしはどうすればいいんだろう？

あたしは……。

本気で考えて、考えて。
その時、フッ…と、
あたしの心に〝答え〟が浮かんだ。
行き止まりだった壁《かべ》が壊《こわ》れて、ふいに行く手が広がるように。

（あ――……！）

なんだ。
そう…、そうだよね。
王子に出された〝難問〟の答えは、気づいてみれば、なんてことない。
ずっと以前《まえ》から、知っていたはずのことだった。
そう。
答えはアイシャさんだ。

アイシャさんの恋人だったパウルは、エスファハンとの戦争で亡《な》くなったって言ったよね。
最初に会った時にね、アイシャさんは、パウルの敵《かたき》を討《う》つために、エスファハン王である王子を殺そうとまでしたんだよ。
だけど彼女は、その憎《にく》しみを乗《の》り越《こ》えて。
パウルのように、戦いで命を落とす人がなくなるように、
自分のように、愛する人を失《な》くす女性がいなくなるように、
アナトゥールの平和のために戦う…って、かつての敵《てき》だったあたし達と、心を結んでくれたんだ。

「わかった！　王子、憎《にく》まなければならないのは、〃人〃じゃなくて〃戦い〃なんだわ。だからこそ、戦いを失《な》くす努力をすればいい…⁉」

「そうだ、ユナ」

あたしの答えを受けとって、王子が、輝《かがや》くような笑顔で言った。

「じつはこのノルーラン国にも、ユナと同じ答えを見つけた者たちがいるのだ」

「え？」

「サラムが、確《たし》かな情報をつかんできた。この国にも、民族間の憎しみを越《こ》え、また手を取り合いたいと望んでいる者たちがいると。この血で血を洗うような戦いを終結させたいと考えている、第三の勢力があると」

「第三の勢力？」

「彼らは、ラヴァール人、オシュレム人双方《そうほう》から成る組織だ。だが、自分たちはラヴァールでもオシュレムでもない、ノ、ノ、ノルーラン人だと主張し、自らを〃ノルーラン国民軍〃と称しているそうだ」

（ノルーラン国民軍…？）

そういえば、

あの脱走者騒《さわ》ぎが起こるまえに、サラムさんが、王子に何か報告しようとしてたっけ。

あれって、このことだったんだ！


「王子！　それじゃ…」

「ああ」

力強く、王子があたしにうなずき返す。

「オレは早急に山を下り、ノルーラン国民軍との接触《せっしょく》を図《はか》ろうと思う。他国からの干渉《かんしょう》ではなく、自らの内から生まれた平和への願い。それこそが、この国の紛争《ふんそう》を解決に導《みちび》く、真の力になると思う」

「うん…!!」

希望に胸をはやらせて、王子の頰《ほお》に、頰を寄せる。

冷たい夜風に凍《こご》えた頰を。

「ねえ王子」

仔犬《こいぬ》みたいにくっつきあって、あたためあって、
あたしは、王子の耳元でささやいた。

「王子って、ホントにあたしを甘《あま》やかさないよね。答えがわかってたって、絶対教えてくれないで、あたしに自分で見つけさせるもん」

「ユナは、オレに甘やかされたいのか？」

「いや！」

キッパリしたあたしの答えに、王子がうれしそうに笑う。

あたしはずっと、こんなのがいい。

支えあって生きたいけれど、王子にもたれかかる女にはなりたくない。

いつかふたりが結婚しても……ね。


「必ず、この戦いを終わらせよう」

月さえも、姿《すがた》を隠《かく》した凍《い》てつく夜。

アゼリア山の夜の闇《やみ》を見つめながら、
王子がふと、かみしめるようにつぶやいた。

「闇の中にこそ、真の光があるものだ」

（王子…）

結婚生活ウン十年夫婦並みのカンてヤツで、、
あたしには、王子が今、何を想《おも》っているかがわかる気がした。
たぶん、
ううん、きっと。
王子は今、暗闇王《レグリオン》のことを…、
ラドルフ王国の前国王、ベルギリウス二世のことを思い出しているんだと思う。

暗闇王《レグリオン》。
ベルギリウス二世。
そして、もうひとつの名を、ジェイド・ベルギリウス。
彼は、創造主ルマイラの、悪《あ》しき心の〝化身《けしん》〟として、この世に生まれた。
一方の砂漠王《バーディア》は、唯一《ゆいいつ》彼に対抗しうる、アナトゥールの〝希望〟だったんだ。
皮肉《ひにく》なことに、ふたりは血の繋《つな》がった兄弟だったの。
だけど、アナトゥールの未来をかけて、砂漠王《バーディア》と暗闇王《レグリオン》は対決し…、
王子はその手で、ジェイドの命を絶《た》ったんだ。
この世界《アナトウール》の、平和のために。

それは一生消えることはない、王子の〝傷〟で、王子の〝誓《ちか》い〟。
あのジェイドの死を、ムダにしないためにも。
あたし達、絶対に、
この戦いを終わらせる………‼

王子と並んで、暗い夜空を見上げながら、
あたしは黙《だま》って、繋《つな》いだ指に力をこめる。
あたし達のいる場所は、今はまだ、夜の途中だ。

――――でも、
ねえ王子、大丈夫《だいじょうぶ》!
この夜は、確《たし》かに、朝に向かってる。

14

翌日、
王子は、この国の希望となるかもしれない、第三勢力、ノルーラン国民軍とのコンタクトを取るために、聖戦士《シエルザート》の砦《とりで》を発《た》った。
お伴《とも》は、案内役のサラム・リアードひとり。
あたしとアイシャさんは、このままオシュレム人たちのもとで、王子を待つことにしたの。
レンディータさんのことも気になったし。
それに、もしかしたら、
このアゼリア山の避難民《ひなんみん》たちの中にだって、本当は、もう争いなんてたくさんだって思っている人たちもいると思う。

ラヴァール人の夫のもとへ行こうとした、ターニャさんみたいにね。

あたし達はできるだけ、そんな人たちの心を、ラヴァール人との和解に向けて動かす努力をしようと思うの。

バルザス・レイモンには、王子が山を下りた、本当の理由は秘密だった。徹底抗戦主義《てっていこうせんしゅぎ》の彼がそれを知ったら、ノルーラン国民軍との交渉《こうしょう》を阻止《そし》しようとするはずだから。

王子はとりあえず、国境近くに待機中《たいきちゅう》の、平和同盟軍のもとへ行ったことになっていた。

バルザスは、エスファハン王の行動に、うすうす何かあるって察してはいるみたい。だけど、ラドルフ女王とあたしがここに残っていることで、いちおう安心はしているようだった。

切り札は、まだ自分の手中にある…と。

聖戦士《シェルザート》の指導者、バルザス・レイモン。

初めて会った時から、あたしはこの男性《ひと》のことが、あまり好きにはなれなかった。

民族の誇《ほこ》りのために、自由と独立をめざす…って、彼の主張自体は、間違《まちが》っていることじゃないと思うの。

王子やあたしは、生まれながらに自分の〝国〟を持っている。

自分を守ってくれる〝国家〟。

自分が安心して暮らせる場所。

自由と、自分たちの運命を決める権利。

あたし達が、生まれながらに持っているものを求めて、彼らは戦っているんだ。

それを、愚《おろ》かだ、間違いだと決めつけることはできない。

でも、問題は、そのやり方だ。

自分たちの望みのために、他人の血を流していいわけはないんだよ。

バルザスは、〝民族の誇《ほこ》り〟という言葉でオシュレム人たちの戦意を煽《あお》ろうとするけれど、
あたしには、彼がただ、その言葉を利用しているだけのように思えるんだ。

自分自身の権力と、野望のために。

――――ともかく、
王子とノルーラン国民軍との出会いが、必ず、この紛争《ふんそう》を終結させる起動力となるはず

だ。

王子とサラムさんが、いい知らせを持って帰ってくるまで、あたしもここでがんばんなきゃ！

じつを言うとね、
あたしやアイシャさん、避難民《ひなんみん》の世話を手伝っているおかげで、だいぶオシュレムの人たちになじんできてるんだよ。

とくに、子供たちやお年寄り、女性たちにね。

親しくなるにつれ、彼らはあたし達に、少しずつ本音《ほんね》を話してくれるようになった。

独立を勝ち取るまで、死ぬまで戦うなんて言ってるのは、血気《けっき》にはやった聖戦士《シエルザート》のメンバーたちばかりだ。

多くの人たちは、戦いで傷つき、不自由な避難所生活に疲れはて、早くもとの生活に戻《もど》りたいと願っている。

ターニャさんのように、生き別れになった夫や子供、家族のもとへ帰りたいと願っている人たちも。

憎《にく》むことにも、戦うことにも疲れ、停戦を望んでいる人たちが、ここにはたくさんいるんだよ。

これってたぶん、ラヴァール人側にも共通してることじゃないのかな。

モチロン、レンディータさんのように、相手への恨《うら》みが忘れられないって人たちも、少なくないことは確《たし》かだけど。

でも、
でもね――……。

「イーサー！　ここは男子立ち入り禁止よ!!　そんなトコでウロウロしてないで、そのへんでお湯を沸《わ》かしてきて!!」

「はっ…はい！」

殺気《さっき》立《だ》ったあたしの怒鳴《どな》り声《ごえ》に、イーサー・ハザルが、弾《はじ》かれたように小屋の外へ走りだす。

シュラ王子から、留守《るす》のあいだのあたし達の護衛役《ボディガード》を命じられているイーサーだけど、今だけは遠慮《えんりょ》してもらわなきゃ。

ここは、例の女性たちの小屋。

ラヴァール人に性的暴行《レイプ》され、身ごもってしまった女性たちの避難《ひなん》小屋だ。

じつはね、今まさに、ここでの第一号のお産が始まろうとしているところなの。

このあいだ、自殺を図《はか》ろうとしたミルダさん。

彼女が、とうとう産気《さんけ》づいて……。

「ミルダさん、息！　もっと規則正しく息を吸って吐《は》いて！　まだそんなに力《りき》まなくていいから」

あたしの声が聞こえているのかいないのか、ミルダさんは、顔を真っ赤にして苦痛のうめき声をあげる。

まさに今、産みの苦しみの真《ま》っ最中《さいちゅう》。

人間ひとり、この世に産みだすんだから、そりゃあ並たいていの苦労じゃないと思うけど、こればっかりは、本人にがんばってもらうしかない。

「ユナさん、大丈夫《だいじょうぶ》？」

あたしの肩ごしに、アイシャさんが不安そうに声をかける。

「うん、平気…だと思う。以前《まえ》にも、子供取りあげたことはあるから」

妊婦《にんぷ》の額《ひたい》の汗《あせ》をぬぐいながら、あたしはアイシャさんに笑って答えた。

そう、
あれは確《たし》か、花炎姫《エントラーダ》の国、アンフォラ国に旅した時のことだったよね。

ひょんなことから放りこまれた奴隷《どれい》たちの村で、あたし、逆子《さかご》の赤ちゃんを取りあげたんだ。

あの時に比べれば、お産は順調そうだから大丈夫《だいじょうぶ》!

といっても、
出産て、やっぱり命がけの大仕事だから、(とくに医療設備の調《ととの》ってないアナトゥールでは)気を抜くわけにはいかないいけどね。

ミルダさんのお産は、それから数時間かかった。
何度も悲鳴をあげて、泣《な》き叫《さけ》んで。
それでもなんとかがんばり抜いて、
ミルダさんは、立派な男の赤ちゃんを、この世に誕生させたんだ。

その子の産声《うぶごえ》が、元気よく小屋じゅうに響《ひび》いた瞬間《しゅんかん》、ずっとお産に立ち会っていたアイシャさんやソフィアさん、マルタさんやリタさんも、思わず抱《だ》き合《あ》って喜んじゃったくらいだよ。

固唾《かたず》をのんで見守っていた他の妊婦《にんぷ》たちからも、小さな歓声《かんせい》や、安堵《あんど》のタメ息が漏《も》れた。

みんな、近い将来に、自分も経験するはずのことだもの。

小屋の片隅《かたすみ》には、レンディータさんの姿《すがた》もあった。

最初は、あたし達の監視役《かんしやく》としてついていたらしいけど、いつのまにか、彼女も、ミルダさんの出産に見いってしまっていたようだ。

氷のように冷たい表情《かお》が、今は、少し興奮ぎみに紅潮《こうちょう》してる。

「見て！　ミルダさん、こんなに大きな男の子!!」

母子ともに無事《ぶじ》だったことにホッとしながら、あたしは麻布《あさぬの》にくるんだ赤ちゃんを、母親のミルダさんに手渡した。

その時、

お産の興奮と感動で舞い上がっていたあたしは、すっかり忘れていたんだ。

彼女が、いつか口にした言葉を。

あたしから赤ん坊を受けとったミルダさんは、しばらくのあいだ、放心したようにその子を見つめていた。

普通なら、母親は、産まれたばかりの我が子を、大切に胸に抱《だ》きしめるかもしれない。

満足そうな、幸せそうな微笑《ほほえ》みを見せるかもしれない。

だけどミルダさんは、そのどちらもしなかった。

苦しげに顔を歪《ゆが》めて、じっと赤ちゃんを見下ろすだけ。

「ミルダさん？」

ふと、不安が胸をよぎって、
あたしは彼女の顔をのぞきこむ。
…と、
その瞬間《とき》だ。
ミルダさんが、産まれたばかりの赤ちゃんを、頭上高くに振り上げたのは。
（あ――…!!）

「ミルダさん、やめて!!」

彼女のしようとしていることに気がついて、あたしはとっさに、その腕に飛びついた。

思い出した！

ミルダさん、
子供が産まれたら、自分の手で殺す……って⁉

でも、まさか……。

「やめて！　バカなマネしないで!!　たった今、あんなに苦しい思いをして産んだ子でしょ⁉」

「でも、ラヴァール人の男の子供だ」

「バカッ!!」

激しい怒《いか》りにかられて、あたしはミルダさんの手から、夢中で赤ん坊をひったくった。

はずみで彼女は床《ゆか》に倒《たお》れこんだけど、あたしはそんなのかまわなかった。

完全に、頭に血が上ってる。

「ラヴァールでもオシュレムでも、どっちでもないよ!!　この子は、両方の血を持つ子でしょ⁉　この国で産まれた、ノルーランの子だよ!!」

ミルダさんが、茫然《ぼうぜん》とあたしを見上げてる。
その彼女の、赤みがかった瞳《ひとみ》には、
涙と、確《たし》かな〝母性〟の色があった。
本当は、憎《にく》しみよりも強い母性。
どんな女が、殺すために、死ぬほどの痛みに耐《た》えて子供を産む？
10か月も、自分の中で抱《だ》いて育てて、
やっと生まれたこの生命《いのち》を、殺せるわけなんかないじゃない!!

「ユナさま!?」
マルタさんとリタさんの、小さな警告の声は気にせずに、
あたしは、ミルダさんに赤ん坊をさしだした。
何も知らずに、力いっぱい泣いている小さな生命。
震《ふる》える手で、ミルダさんはその子を受けとる。
もう一度、その手に抱いた我が子を見つめ、
愛《いと》しさが、憎しみの心を溶《と》かしたように、
しっかりと、その子を胸に抱きしめて――――……。

「どんなふうに生まれようと、子供には罪はないわ」

その時、ふと、
黙《だま》って母子《おやこ》を見守っていたアイシャさんが、口を開いた。

あの鮮《あざ》やかな紫《むらさき》の瞳《ひとみ》に、力強い光をたたえて。

「あたしだって、母親がムリやり乱暴されて産んだ子よ。だからって、あたしは自分の生まれを恥《は》じたりしない」

「アイシャさん？」

あたしは、ふいをつかれてアイシャさんの顔を見つめた。

そうか…。

アイシャさんは、先々代のラドルフ国王、ベルギリウス一世が、農民の娘だったアイシャさんのお母さんを、ムリやり犯《おか》して産ませた子供だったんだ。

だからこそ、ラドルフ王家の血を引くアイシャさんが、王位を継《つ》ぐことになったのだけど……。

「父親が、どんな人でなしのケダモノだって、あたしには関係ない」

オシュレム人の妊婦《にんぷ》たちの前で、ラドルフ王国の女王は、そう言って胸を張る。

「あたしは、生まれてきたことを後悔《こうかい》したことなんて一度もないわ。勇気を持ってあたしを産んでくれた母さんに、感謝してる！」

（アイシャさん……）


やっぱり、アイシャさんてすごい女性《ひと》だ。

誇《ほこ》り高い、そんな彼女のひと言が、
今まで迷い苦しんでいた妊婦《にんぷ》たちの瞳《め》に、今までには見られなかった、救いの光を与《あた》えてくれた。

（ありがとう！　アイシャさん）

尊敬と、友情をこめて、
あたしはアイシャ女王に笑いかける。

自分が汚《よご》れることをいとわない、本物のラドルフ女王。

アイシャさんも、ちょっぴり照《て》れくさそうな顔をして、あたしに向かって微笑《ほほえ》んだ。


――――でも。

ホッとしたのも、束《つか》の間《ま》ってヤツだったんだ。

「ラヴァールの血を受けた、呪《のろ》われた子が産まれたそうだな」
「……!?」
そんな声に振り返ると。
狭《せま》い小屋の戸口を背に、
聖戦士《シエルザート》たちの、鉄の指導者、
バルザス・レイモンが、――立っていたから。

15

「バルザス将軍、ここは女たちの小屋よ。遠慮《えんりょ》してください」

「あなたこそ、異国人がよけいな口を出さんでいただきたい」

あたしの言葉をにべもなくはねつけて、
バルザスは、口元に歪《ゆが》んだ微笑《えみ》を浮かべてミルダさんに歩み寄る。

「さあ、その子を私に」

「……!?」

ミルダさんが、怯《おび》えたように赤ちゃんを抱《だ》きしめる。

「この子をどうするの？」

「知れたこと。ラヴァール人の子供など生かしてはおけない。見せしめのために、皆の前で処分しよう」

(処分ですって…!?)

「バルザス、あなた…!」

あたしが母子《おやこ》を庇《かば》おうとするより、一瞬《いっしゅん》早く、
バルザスが、ミルダさんの手から赤ちゃんをもぎとった。

「返して！　あたしの子よ!!」

そう叫《さけ》びながら、ミルダさんがバルザスに取りすがる。

けれど彼女は、バルザスに従ってきた数人の男たちに、乱暴に引《ひ》き倒《たお》されてしまった。

そして、赤ん坊を取り返そうとバルザスの腕に手をかけた、あたしも。

「ユナさま!!」

男たちに取り押さえられたあたしを見て、マルタさん達が声をあげる。

「バルザス将軍！　やめて!!　その子を返して!!」

「ユナさま、どうなさいました!?」

あたしの叫び声を聞きつけて、イーサー・ハザルが小屋に飛びこんできた。

「貴様ら、ユナさまに何を⁉」

王子から護衛役《ボディガード》を任じられていたイーサーは、聖戦士《シエルザート》の男たちに腕を締《し》めあげられているあたしを見て、血相《けっそう》を変えた。

とっさに、イーサーは腰の剣に手をかける。

（まずい！）

…って、思った。

王子の留守中《るすちゅう》に、彼らと事をかまえては……。

――でも、
その時、意外なことが起こったんだ。

「バルザス将軍、その赤ん坊を母親にお返しください」

騒然《そうぜん》としていた小屋の中に、凜《りん》とした女性の声が響《ひび》いたの。

（え…？）

あたしも、バルザスも、聖戦士《シエルザート》の男たちも、ふいをつかれて、その声の主のほうに顔を向ける。

レンディータさん……だった。

美しく張りつめた顔立ちの女戦士が、射《い》るような緋色《ひいろ》の瞳《ひとみ》で、聖戦士《シェルザート》の指導者を見すえている。

「レンディータ？」

バルザスが、信じられないという表情で、レンディータさんに問いかけた。

「今、なんと…？」

「その子をお返しくださいと言ったのです」

レンディータさんは、少しだけ戸惑《とまど》った顔で言葉を返す。

もしかしたら、
彼女は自分でも、自分の行動に驚《おどろ》いているのかもしれない。

それでもしっかりと、バルザスに向かってこう言った。

「バルザス将軍、ラヴァール人の血を受けていようとも、その子に罪はありません。無力な赤ん坊を殺すことが、我々の使命ではないはずです」

「……！」

レンディータさんの的を射た言葉に、バルザスの顔色が変わる。

いつのまにか、小屋の妊婦《にんぷ》たちが、バルザスのまわりを囲んでいた。

彼女たちは、子を守る〝母〟の本能で、男たちに殺気立《さっきだ》った非難の目を向けている。

もしもバルザスが、赤ん坊に何かしようものなら、今にも暴動を起こしかねない雰囲気《ふんいき》だ。

「母は強し」ってよく言うけど、さすがに数十人の妊婦たちの迫力って、ハンパじゃない。

しかも彼女たちは、地獄《じごく》を見てきた女たちだ。

地獄を見てもなお、子供を産もうと決心した母親たちだ。

バルザスも、彼女たちを敵にまわし、避難民《ひなんみん》たちの信頼を失《うしな》うのはまずいと判断したんだろう。

怒《いか》りに頬《ほお》を震《ふる》わせながらも、なんとか自制したようだった。

「……仕方《しかた》あるまい」

汚《きたな》い物でも捨てるように、バルザスが赤ちゃんを、母親の手に投げ渡す。

しっかりそれを受けとめたミルダさんは、泣きながら子供を抱《だ》きしめた。

（よかった……！）

　フッ…と、張りつめていた小屋の空気が軽くなる。
〝仲間〟の妊婦《にんぷ》たちからは、小さな歓声《かんせい》。
　アイシャさんやマルタさん達の口からも、大きなタメ息が漏《も》れた。
　聖戦士《シエルザート》の指導者も、女の迫力にはかなわない？
　もっとも、
　男たちを引きつれ、荒々しく出口に向かうまえに、
　バルザスはレンディータさんに、こんな言葉を残していったけど。
「レンディータ、家族を殺された恨《うら》みを、まさか忘れたわけではないだろうな」
　…って、ね。

「申しわけありませんでした、ユナさま。うっかり剣を抜こうとしたりして」

　バルザス一行が退散していったあとで、
　イーサー・ハザルが、面目《めんぼく》なさそうにあたしに言った。

「軽率な行動はひかえるようにと、シュラ王に言われてたってえのに」

「大丈夫《だいじょうぶ》よ、イーサー。レンディータさんのおかげで、何事もなく治まったし」

イーサーからレンディータさんに目を移して、あたしは彼女に頭を下げる。

「ありがとう、レンディータさん。あなたのおかげで助かったわ」

「べつに、お前たちのためにしたわけじゃない」

フイッ…と、あたしから顔をそらす女戦士。

そうだね、
あなたがバルザスを止めてくれたのは、あたし達のためじゃない。

子供を想《おも》う母親のため。

そして、小さな生命《いのち》のため……？

レンディータさんの横顔は、あいかわらず、とりつく島もない冷たさだけど。
でも、ね、
あたしはもう、気づいてしまった。
戦士の仮面の下にある、
いい、
本当の彼女の、やさしさに――。

16

何かが、動き始めている。
このオシュレム人の最後の砦《とりで》で。
人々の心の中で。
そしてたぶん、このノルーラン国全体で。
その動きは、日を追うごとに大きくなり、
やがてはこの国そのものを変えていく力になると……。
あたしは、肌《はだ》で感じていた。

そして、そんな時、
シュラ王子が、アゼリア山に帰ってきたんだよ！

砦《とりで》を発《た》って1週間後。

いよいよ、山が白く雪化粧《ゆきげしょう》したその日のことだ。

首尾《しゅび》よくノルーラン国民軍と接触《せっしょく》した王子は、彼らからの、聖戦士《シェルザート》への申し出を携《たずさ》えて帰ってきたの。

ノルーラン国民軍は、ラヴァール、オシュレム双方《そうほう》の指導者と話し合いを持ち、断固として、この紛争《ふんそう》を終結させたいという意向だそうだ。

ラヴァール人でも、オシュレム人でもなく、ノルーラン国民として、手を取り合って、ひとつの新しい国を築いていこうと。

モチロン、

エスファハン・ラドルフ両国の平和同盟軍も、全面的にこのノルーラン国民軍の働きかけを支援《しえん》するつもりだった。

でも――――、

そんな希望の前に、立ちはだかったのは……。

「まったく、あのバルザスってオヤジ、正気《しょうき》の沙汰《さた》じゃあないですね」

吹きすさぶ風の音を背景《バック》に、イーサー・ハザルが吐《は》き捨《す》てるように言った。

アゼリア城の、寒くて狭《せま》い例の一室。

せっかく王子とサラムさんが、いい知らせを持って帰ってきたっていうのに、あたし達は、この部屋に監禁《かんきん》状態。

どうして…って？

それはモチロン、あのバルザス・レイモンのおかげだよ！

じつはね、
エスファハン王の口から伝えられた、ノルーラン国民軍からの申し出を、バルザスはこの期《ご》に及んで拒否《きょひ》したの。

ハッキリ言って、戦況《せんきょう》は、もうそんなことを言っていられる状態じゃないんだよ。

各地で決死のゲリラ戦を続けていた聖戦士《シエルザート》の仲間たちも、次々にラヴァール軍によって殲滅《せんめつ》されている。

寒さと食糧不足で、このアゼリア山の避難民《ひなんみん》たちは困窮《こんきゅう》し、不安や不満が噴出《ふんしゅつ》中《ちゅう》。

冬のあいだの、食糧補給の見通しも立っていない。

今やもう、オシュレム人の勝利なんて絶望的だ。

賢明《けんめい》な指導者であれば、ここでもう独立の望みはあきらめ、和平に合意する決断をしてもいい頃《ころ》だ。
それをバルザスは、あくまで戦うという決意を変えない。
執拗《しつよう》にエスファハン・ラドルフ軍への協力をせまり、
王子がキッパリ断ると、
このとおり、……監禁《かんきん》されちゃったのよね。(はあ)

バルザス・レイモン。

彼は、まだ自分たちの勝利を信じているんだろうか?

それとも、〝民族の誇《ほこ》り〟とやらを守るため、このアゼリア山の避難民《ひなんみん》たちを道連《みちづ》れに自決するつもりだろうか?

どっちにしても、イーサーの言うとおり、正気《しょうき》の沙汰《さた》とは思えない。

でも…、
もしかしたら、戦争末期の敗軍の将なんて、こんなモンかもね。

昔、日本がアメリカなんかと戦争した時も、とっくに敗《ま》けは見えてるのに、一億玉砕《ぎょくさい》だのなんだのって、最後まで戦って。

おかげで本土空襲やら原爆やらで、死ぬ必要もなかった多くの人たちまでもが犠牲《ぎせい》になった。

判断力を失《な》くした、バカな指導者の道連《みちづ》れなんて、ジョーダンじゃない！

だけど、そこはさすがに王子のこと。

ちゃんと、この事態の打開策《だかいさく》も考えていたんだよ。

その鍵《かぎ》はね、

――レンディータさん。

あの、レンディータ・エルヴァンだ。


彼女の父親、ファーディル・エルヴァンは、まえにも説明したとおり、30年まえの紛争《ふんそう》を和平に導《みちび》き、〝民族の調停者〟とも呼ばれていた人物だ。

そしてその娘のレンディータさんは、オシュレム人の誇《ほこ》りでもある美しい緋色《ひいろ》の髪と瞳《ひとみ》を持ち、この〝聖戦〟の象徴《しょうちょう》のような存在と見られている。

もしも彼女が、バルザスに替《か》わって、停戦調停の場に臨《のぞ》んでくれれば。

家族を殺された恨《うら》みを捨て、彼女がラヴァール人の手を握《にぎ》ってくれれば……。

オシュレム人たちの心は、充分に動かせるって、王子は考えてるんだ。

それに…、
それにね。
ノルーラン国民軍には、偶然《ぐうぜん》にもレンディータさんの……。

ちょっと待って!
この先は、かなり重要な話になる。
聖戦士《シェルザート》の砦《とりで》での、波乱に満ちた最後の夜。

ここから先の出来事は、
どうぞ中継《ライブ》で、ごらんください。

17

ドスッ――!!

「……!?」

ふたりの聖戦士《シエルザート》の見張り兵が、サラムさんとイーサーの当て身をくらって、声もなく床《ゆか》に倒《たお》れる。

「お前たち、何を…!?」

そのあいだに、3人のラドルフ兵たちは、レンディータさんを押さえつけて、ムリやり室内に引きずりこんだ。

その日の夜更《よふ》け過ぎ、

レンディータさんが見張りに立った時間を狙《ねら》って、あたし達は、少々強引《ごういん》に事を進めることにしたんだよ。

「何をするつもりだ!? 離さないと人を呼ぶぞ!!」

あたし達の部屋の見張りに就《つ》いていたところを襲《おそ》われ、監禁中《かんきんちゅう》のはずのあたし達に、逆に拘束《こうそく》されてしまったレンディータさん。

戦士としてのプライドからか使命感からか、最初はずいぶん暴《あば》れてた。

でもね、どうしても、あたし達は彼女と話をする必要があったの。

レンディータさんに、バルザスに替《か》わって、オシュレム人たちの窮地《きゅうち》を救ってもらうために。

そして、もうひとつ、
ノルーラン国民軍の指導者《リーダー》である、ある男性からの、
レンディータさんへの、大切な〝伝言〟を伝えるために。

でも――。

「断るわ! 私に聖戦士《シェルザート》の仲間を裏切れと言うの!?」

オシュレム人の代表として、レンディータさんに停戦調停に協力してほしい。

そんな王子の申し出に、まず彼女の返答はこれだった。

ムリもないか。

いきなり押さえつけられて、そんな話をされたってねぇ…。

だけどね、王子の次の言葉には、ラドルフ兵の手を振りはらおうともがいていた彼女も、さすがに動きを止めたんだよ。

「レンディータ、ユーセフ・グラッドも、そなたにそれを望んでいるぞ」

…って。

ユーセフ・グラッド。

覚えてる？

この紛争《ふんそう》が始まる以前《まえ》、レンディータさんと結婚の約束をしていたという、ラヴァール人の恋人の名前だ。

「ユーセフ…、どうしてユーセフのことを!?」

レンディータさんの顔色が変わったのを見てとって、シュラ王子は、静かな声でこう答えた。

「ユーセフは、現在ノルーラン国民軍の指導者として、紛争終結と難民救済の活動に務《つと》めている。オレは、オスタルの町の国民軍の本部で、彼と会ったのだ」

──────そうなの。

それは、本当に偶然《ぐうぜん》のめぐりあわせ。

ノルーラン国民軍の本部に赴《おもむ》いた王子はね、彼らのリーダーであるユーセフ・グラッドという青年と会見したんだって。

そして、彼と話すうちに、レンディータ・エルヴァンと、彼が恋人同士だったたってことを知らされたんだそうだ。


「ユーセフからの伝言だ」

茫然《ぼうぜん》としているレンディータさんに向かって、まっすぐに王子が言う。

「今でも変わらず、そなたを愛していると。この戦いが終わったら、約束どおり結婚しよう…と」

「……!!」

驚《おどろ》きに見開かれた、レンディータさんの瞳《ひとみ》。

瞬間《しゅんかん》、その瞳の中には、さまざまな感情が交錯《こうさく》した。

不審《ふしん》、疑惑《ぎわく》、かすかな希望。そして、絶望。

それらの感情を抑《おさ》えこもうと、レンディータさんは必死で自分の心と闘《たたか》っているようだった。

でも、

やがてその動揺《どうよう》が収まると、彼女は、燃える瞳《め》をして言ったんだ。

「ふざけないで！　誰《だれ》がそんなたわ言を信じるものか。ラヴァール人の男の言葉など」

「レンディータさん」

思わず、あたしは彼女に向かって口を開く。

王子の説得をおとなしく見守るつもりだったけど、どうしても、これ以上黙《だま》ってられなくなっちゃったんだよ。

だってあたし、わかるもの。

おなじ女だから、彼女の本心。

「レンディータさん、もうこれ以上、自分の気持ちを抑《おさ》えつけるのやめようよ。本当はあなただって、今でもユーセフさんを愛してるんでしょ？」

「何を…!?」

「あなた、もう充分にラヴァール人を憎《にく》んで、充分に戦ったはずだよ。このままだったら、死ぬまで好きな人を憎み続けることになっちゃうよ」

「よけいなことだ！　お前に何がわかる⁉　異国人のお前になど」

「はいはい。そのセリフ、もう何度も言われて聞きあきたわよ」

「……‼」

あたしに軽くかわされて、女戦士はますます顔を険《けわ》しくする。

怒《おこ》るんだったら、怒ればいいわ。

あたしだって、もういいかげんガマンの限界よ。

こーなったら、言わせてもらおう。

「だいたいねー、あなた達ふた言めには『お前らにはわからない』って言うけどね、あーわかんないわよ！　わかるわけないじゃない。自分が経験したワケじゃないんだからね！」

「ユナ…？」

あたしの乱暴な言葉に、王子がちょっと驚《おどろ》いた顔してこっちを見た。

「でも、だからどーだっていうのよ？　当事者以外は、なんにも言っちゃいけないワケ？他人事《ひとごと》だからしょーがない。ああそうですか、ご勝手《かって》にって、知らんカオしてりゃーいいっての⁉」

「ユナさまが…」

「逆ギレした」

サラムさんとイーサーが、後ろでボソッとつぶやいてる。

でも、もうあたしは止まらない！

あっけにとられているレンディータさんに、さらに勢いづいてつめ寄った。

「悪いけどね、レンディータさん。あなたも聖戦士《シエルザート》を名乗るなら、よくその瞳《め》で現実を見てみなさいよ！　このままじゃ、ここにいる避難民《ひなんみん》たち、みんなあのバカオヤジの道連《みちづ》れで全滅《ぜんめつ》だよ。あなたなら、それを救えるって言ってるんだよ？」

「………」

レンディータさんの表情が、微妙《びみょう》に動く。

もうひと押し！

「あたし、ずっとあなたに訊《き》きたいと思ってた。あなた達のよく言う、〝民族の誇《ほこ》り〟っていったい何？　それって命より大事なもの？　自分たちの望みのために他人《ひと》を殺すことが、あなた達民族の誇りなの!?」

ああ、このセリフ、あのバルザスにも言ってやりたい。

「あなたのお父さんは、ふたつの民族間の平和を願っていた人だよね。たとえ自分が殺されたって、ラヴァール人とオシュレム人が戦うことを望むと思う？」

緋色《ひいろ》の瞳《ひとみ》に、光が走る。

たぶん今のひと言は、彼女の心に、深く突《つ》き刺《さ》さったはずだ。

これでなんとか、彼女が覚悟《かくご》を決めてくれることを祈りながら、
あたしはつとめて穏《おだ》やかに、最後のひと言をしめくくる。

「レンディータさん、あたし達と一緒《いっしょ》に、ノルーラン国民軍のもとへ行こう。ユーセフさんが、あなたのことを待ってるよ」

はたして、彼女の返答は……？


「……行けない」

「レンディータさん？」

「今さらユーセフのもとへなど行けるはずがない！」

「レンディータさん、どうして…!?」

「ラヴァールとオシュレムの間《あいだ》には、あまりにも多くの血が流れすぎたわ」

苦しげに顔を覆《おお》った女戦士が、消えいりそうな声でつぶやく。

「それに私は、仲間を裏切るわけには…」

「……！」

ああ、そう。わかった。

あくまでそっちが意地を通すつもりなら。

「ごめん！　レンディータさん」

「…!?」

ハッとして、彼女が身がまえるよりも早く、
ドスッ――!!

あたしは、彼女のみぞおちに拳《こぶし》をたたきこんだ。

「う…っ!!」

「ユナ!?」

くずおれるレンディータさんの身体《からだ》を両腕で支えた時、王子があたしの側《そば》に駆《か》け寄《よ》ってきた。

「ユナ、何を…?」

「大丈夫《だいじょうぶ》。当て身をくらわせただけ」

「え？」

「本人が行かないって言い張るなら、こっちが拉致《らち》するしかないでしょーが」

気を失《うしな》った彼女を、イーサー・ハザルの腕にあずけて、
あたしは王子に、ちょっぴり不敵な笑顔を向ける。

「このくらいの武力行使は、大目に見てほしいわね」


「ユナさま、ステキ♡」

「ユナさん、やるーっ!!」

マルタさん&《アンド》リタさんと、アイシャさんから起こる歓声《かんせい》。

女性陣、ご声援ありがとうっ。

男性陣は、まだあっけにとられて引いてるけど。

女の子だってね、やる時はやるんだよ！

そりゃあ、あたしだって暴力なんて好きじゃない。

だけど、このままいつまでも、彼女と言い争ってる余裕《よゆう》はないんだもの。

王子だって、最終手段としては、当然こうするつもりだったでしょ？

「エスファハンとラドルフの紳士《しんし》たちは、女性に暴力をふるいたくはないでしょうから、あたしがかわりにやったまでよ」

「ユナ」

すましかえったあたしの言葉に、王子の顔に苦笑が広がる。

それはやがて、まばゆいほどの笑みに変わった。


「脱出だな、司令官」

「トーゼン」

「了解《りょうかい》だ！」

イタズラっ子みたいな顔をして、王子があたしに敬礼《けいれい》する。

アゼリア山からの〝脱出作戦〟。

ここからは、
男性陣に、バトンタッチ!!

18

「あっちだ！　追え!!　エスファハン王の一行が逃げたぞ!!」

「レンディータを人質《ひとじち》にされた！　取り返せ!!」

夜更《よふ》けの山城《やまじろ》に響《ひび》きわたる、荒々しい男たちの叫《さけ》び声《ごえ》。

その声を背中で聞きながら、
あたし達は、奪《うば》った馬に乗って城門を駆《か》け抜《ぬ》けた。

『王さまも　いざとなったら　馬泥棒《うまどろぼう》』

一句《いっく》作ってるバアイじゃないか…!?

その夜、空はあたし達に味方した。

雲の切れ間から顔を出した月が、山道《さんどう》を照《て》らして逃走を助けてくれたんだ。
昼間積もった雪は、月明かりを受けて淡《あわ》い光を放つ。

「マルタ、リタ、遅《おく》れるな！」
「はい!!」

せまる追っ手を振り切るために、あたし達はひたすら馬を走らせる。
途中《とちゅう》、何度もあと一歩というところまでせまられたり、
射《い》かけられた矢が、間一髪耳元をかすめていったり。
危《あや》うい場面は何度もあった。
それでも、
なんとか追撃の手を逃《のが》れることができたのは、もう運と根性としか言いようがない。
ノルーラン国の平和という、希望めざしてまっしぐら！
そして、ようやく長い夜が明けようとする頃《ころ》だろうか。
あたし達は、アゼリア山の険《けわ》しい山道を無事《ぶじ》下りきって、
その裾野《すその》に広がる、薄明《はくめい》の大地を見下ろすことができたんだ。

「ユナ、あれがセナータ川だ」
あたしの隣《となり》に馬首を並べた王子が、彼方《かなた》に見える一筋《ひとすじ》の川を指さした。
大地の間《あいだ》を、クネクネと蛇行《だこう》して流れる銀の筋。
このノルーラン国を二分《にぶん》するセナータ川。
そして、その川の向こうに、ノルーラン国民軍の待つオスタルの町がある。
アゼリア山からの脱出に成功したあたし達は、これから一路オスタルへ。
そこには、レンディータさんの恋人、
ユーセフ・グラッドも待っているはず———。

地平線の向こうから、真新しい光の帯が立ちのぼる。

その飴色《あめいろ》の光に、頰《ほお》を照《て》らされながら、
セナータ川をながめていたサラムさんが、ふいにこらえかねたように吹きだした。

「それにしても…、あの時のユナさまは、迫力がありましたね」

（え？）

「そうそう！　聖戦士《シエルザート》の女戦士を一撃《いちげき》で…だもんな。あれにゃーブッたまげたぜ」

なんて、イーサーもおもしろがって口をそろえる。

「な…なによ⁉　あの時はああするしかなかったじゃない！」

と、弁解しながらも、イーサーの馬の上で、まだ気を失《うしな》ったままのレンディータさんを見ると、我ながら……。

「ユナさまは、意外にキレると怖《こわ》いですよね」

「いーや、オレはまえから知ってたね。さすがユナの〝姐《あね》さん〟だぜ！」

「イーサー!!　サラムさん⁉」

ふたりを怒鳴《どな》りつけるあたしをながめて、王子やアイシャさんが笑ってる。

あっ、ひどい！

ラドルフの護衛兵《ごえいへい》の人たちまで、そんな顔を引きつらせて笑わなくたっていーじゃない。

あたしはちょっぴり不安になって、王子の顔をのぞきこんだ。

「王子も…あきれた？　あたしのこと、ボーリョク女…って」

「ああ、あきれた！」

楽しそうに言った王子が、馬上から手を伸ばし、強引《ごういん》にあたしを抱《だ》きよせる。

「だからユナは、オレの最高の妃《きさき》だ」

夜が……明けたね。
あたし達の、長い夜が。
そして朝日は、
きっともうすぐ、この国の未来をも照《て》らしてくれるはずだ。
〝民族紛争《ふんそう》〟という、暗い闇夜《やみよ》を打ち負かし……。

「ん…?」

その時、
イーサー・ハザルの腕の中で、レンディータさんが小さくうめいて瞳《め》を開けた。

まだボンヤリとしている緋色《ひいろ》の瞳《ひとみ》に向かって、あたしは微笑《わら》って呼びかける。

「おはよう、レンディータさん」

「お前…!?」

どうかあなたのその瞳にも、
早く、朝が来ますように———。

19

——それから、

まだ抵抗しようとするレンディータさんを、なんとかねじふせ、あたし達は一路オスタルの町をめざした。

ノルーラン国民軍の中心メンバーは、ほとんどが、20代から30代前半の若い世代だそうだ。

30年まえの紛争《ふんそう》が終結したのち、

ノルーラン国の平和の時代に生まれ育った若者たち。

彼らは、その時代を取《と》り戻《もど》そうと、ラヴァール、オシュレムの別なく団結を誓《ちか》い合《あ》ったんだ。

血で血を洗う泥沼《どろぬま》の紛争が続く中、そんな悲惨《ひさん》な殺し合いに疑問を抱《いだ》いた人たちが、次々に彼らのもとに集まり始め、現在国民軍のメンバーは、3千人以上にものぼるらしい。

その本部が置かれているのは、オスタルの町にあるザグレブ教会。

ちなみに、南方から移住してきたラヴァール人の宗教は、ラドルフ王国やカストリア国などと同じザグレブ教。

もともとこの北の地に住んでいたオシュレム人が信仰《しんこう》しているのは、山や大地に宿る自然神だ。

この宗教の違《ちが》いも、民族対立の一因《いちいん》となってはいたのだけれど、それも今の彼らには関係ない。

アゼリア山を下りて、半日後、

あたし達一行は、オスタルの国民軍本部に到着したの。

そして、それは、

レンディータさんと、その〝恋人〟との、

数か月ぶりの再会の時でもあったんだ。

「レンディータ……」
その若き指導者は、エスファハン・ラドルフ国王の一行を、誠意を持って迎《むか》えたあとで、
なつかしい恋人に、熱い目をして向きなおった。
ノルーラン国民軍の指導者《リーダー》、ユーセフ・グラッド。
彼は、黒髪に黒い瞳《ひとみ》。
精悍《せいかん》さと思慮深《しりょぶか》さをかねそなえたような、20代半ばの青年だった。
一方、緋色《ひいろ》の髪と瞳の聖戦士《シエルザート》、
レンディータさんは、恋人に少しの笑顔も見せず、未《いま》だ凍《こお》りついたように立ちつくしているだけだ。
ユーセフさんは彼女に、まずは国民軍からの意向を伝えたんだよ。
亡《な》きファーディル・エルヴァンの娘として、
聖戦士《シエルザート》の代表として、
ラヴァール人とオシュレム人の和平に協力してほしい……って。
そして、
無事《ぶじ》この紛争《ふんそう》が終結したなら――――……。

「結婚しよう、レンディータ」

「…‼」

ユーセフさんのその言葉に、レンディータさんの頬《ほお》がこわばる。

悲惨《ひさん》な戦いに引《ひ》き裂《さ》かれても、変わらなかった恋人の愛が、うれしくないわけはない。

なのに彼女は、その求婚《プロポーズ》に首を振る。

「ダメ…！　できるわけがない」

「まったくもう！　じれったいわね‼」

あたしの隣《となり》で、ふたりを見守るアイシャさんがつぶやいた。

このままだったら、今度はアイシャさんが、彼女に一発お見舞いするかも？

でも、

ユーセフさんの愛を受け入れられないレンディータさんには、まだあたし達の知らない事情があったんだ。

恋人のさしだした手をはねのけると、

彼女は、震《ふる》える声でこう言った。

「ユーセフ、私は、あなたの家族を見殺しにしたのよ」

（え……？）

「私の父や母が殺された時、聖戦士《シエルザート》は、その報復にラヴァール人を惨殺《ざんさつ》した。あなたのご両親も、その中にいたわ」

（レンディータさん？）

「仲間があなたのご両親に剣を突《つ》きつけた時、私はそれを側《そば》で見ていた。止めることもできずに、ただ黙《だま》って見ているだけだったのよ‼」

（――――……⁉）

レンディータさんの意外な告白に、王子とあたしは、思わず息をのんで視線を合わせる。

そう…、そうだったんだ。

彼女があれほどかたくなに心を閉ざしていた理由《わけ》は、自分の憎《にく》しみだけじゃない。

愛する人の家族を見殺しにしてしまった、自分への罪の意識から？

レンディータさんの苦しみは、あたし達が思っていた以上に深いものだったんだ。

だから彼女は、いっそ心を凍《こお》らせて、憎しみだけに生きようと……。

（レンディータさん…）

痛ましさと、申しわけなさの入りまじったような気持ちで、
あたしは、彼女の横顔を見守った。
傷ついて、怯《おび》えた瞳《ひとみ》。
彼女は、何より今日という日を恐《おそ》れていたんじゃないだろうか？
自分の罪を、彼に告白する日のことを。

戦いは、人の生命《いのち》だけじゃなく、
心までも踏《ふ》みにじるもの。
改めて、そんな想《おも》いが胸にせまる。
ユーセフさんは…、
ユーセフ・グラッドは、彼女になんと答えるだろうか？
彼は黙《だま》って、震《ふる》える恋人の姿《すがた》を見守っている。
そしてやがて、
フッ…と、レンディータさんの頬《ほお》に手を伸ばした。

「知っていたよ」

「……!?」

「生き残った弟が、その時の様子《ようす》を教えてくれた。君は最後まで、仲間を止めようとしてくれたと。両親は命を落としたが、それは君の罪じゃない」

「ユーセフ？」

レンディータさんが、驚《おどろ》きに瞳《め》をみはって顔を上げる。

ユーセフ・グラッドは、そんな彼女をまっすぐ見つめて、力強く、やさしい声でこう言った。

「レンディータ、オレも君も、この戦いで大切なものを失《うしな》った。けれど、オレ達はそれを乗《の》り越《こ》えよう。失ったものを補う分まで、新しい愛を育てていこう。同じ苦しみを背負う仲間たちに、希望の道を示していこう」

「ユーセフ……」

あたし達にできることは、ただ黙《だま》って、ふたりを見守ることだけだった。
レンディータさんの心の氷が、
どうか溶《と》けますようにと、祈《いの》りながら。
ふと、頭に浮かんだのは、アンデルセン童話の『雪の女王』。

男の子の心に刺《さ》さった氷のカケラを溶《と》かしたのは、女の子のやさしい愛だった。
そして、今、聖戦士《シェルザート》の心の氷を溶かすのは……。

立ちつくすレンディータさんの細い身体《からだ》を、長身の青年が抱《だ》きしめる。
あたたかな彼の心が、冷えきった彼女の心を包《つつ》んだ時、
憎《にく》しみと悲しみの氷は溶けて、
それは緋色《ひいろ》の瞳《ひとみ》から、涙となってあふれだした――――……。

感激屋の観客《ギャラリー》たちは、ちょっぴり涙ぐんでいる。
長いあいだ苦しんできた、〝戦士〟が〝女性〟に戻《もど》る瞬間《とき》を、
あたし達は、
今、この目で見たのだから。

20

そして、アナトゥール暦1208年、12月半ば。

エルグ城において、ラヴァール人、オシュレム人、ノルーラン国民軍による和平会談が行われた。

ラヴァール側の代表者は、フェルデン王。

オシュレム側の代表者は、レンディータ・エルヴァン。

その両者の仲裁役《ちゅうさいやく》となるノルーラン国民軍の代表に、ユーセフ・グラッド。


和平のための、ラヴァール側からの第一条件は、オシュレム人が、ノルーラン国からの分離独立要求を取り下げること。

かわりに、ノルーラン国はオシュレム人に、ラヴァール人と同等の権利を与《あた》えること。

また、現在はラヴァール人だけで行われているノルーラン国の国政にも、オシュレム人が公平に参加できるようにすること…など、
いくつかの条件が話し合われ、双方《そうほう》が合意。
ようやく、
今回の長い紛争《ふんそう》は、終結にこぎつけることになったんだ！

停戦調停の成立後、
国境線に待機《たいき》していたエスファハン・ラドルフの平和同盟軍は、ノルーラン国内に進軍した。

アゼリア山に籠城《ろうじょう》している聖戦士《シエルザート》たちに投降をすすめるため、ここで初めて、武力による圧力をかけたんだ。

飢《う》えと寒さに苦しんでいた避難民《ひなんみん》たちは、平和同盟軍によってアゼリア山から救出された。

徹底抗戦《てっていこうせん》を主張していた聖戦士《シエルザート》たちも、停戦調停が成立したことで、戦意を喪失《そうしつ》したらしい。

予想されたほどの激しい抵抗もなく、彼らも同盟軍の前に、武装を解除して投降したん

だ。
さすがのバルザス・レイモンも、ようやく〝民族の誇《ほこ》り〟という狂気《きょうき》から覚《さ》めたんだろうか？
ともかく、
聖戦士《シェルザート》の降伏《こうふく》によって、正式に、ラヴァール・オシュレム間の民族紛争《ふんそう》は終結。
その数日後に、エスファハン、ラドルフ両国王の立ち会いのもとで、和平誓約書《せいやくしょ》への〝調印式〟が行われることになったんだよ。
そして、なんと、
その日には、もうひとつ、大切な誓い、の、儀、式が――――…。

「うっわー、レンディータさん、キレイ!!」

「ほんと！　素敵《すてき》ねえ…!!」

ノルーラン国民軍の本部のある、オスタルの町のザグレブ教会。

歓声《かんせい》をあげているのは、エスファハンとラドルフの女性たち。

その視線の先にあるのは、レンディータさんの…、
元聖戦士《シエルザート》の女戦士、レンディータ・エルヴァンの花嫁姿だ。

「………………」

「見違《みちが》えちゃったよ！　レンディータさん」

白いヴェールに、緋色《ひいろ》の髪がよく映《は》える。

レンディータさんは、美しく花嫁化粧《はなよめげしょう》した頰《ほお》を、少し染めて微笑《ほほえ》んだ。

今日は記念すべき、ノルーラン国の平和への調印式。

でも…、でもね！

同時に、レンディータさんとユーセフさんの〝結婚式〟でもあるんだよ！

式場は、このザグレブ教会でも、オシュレム人の教会でもなく、
あのセナータ川に架《か》かる橋の上。

30年まえ、レンディータさんの父であるファーディル・エルヴァンが、ラヴァール人との平和の誓《ちか》いを結んだという、あの〝誓いの橋〟の上なんだ。

今日、あの橋の上では、フェルデン王とレンディータさんによって、ラヴァール・オシュレム和平誓約書《せいやくしょ》への調印が成されることになってるの。

そして同時に、ラヴァール人の花婿《はなむこ》と、オシュレム人の花嫁《はなよめ》との、ふたつの民族を結ぶ結婚式が！

「調印式と同時に、ふたりの結婚式を挙《あ》げてはどうだろうか？」

じつはね、レンディータさんとユーセフさんにこんな提案をしたのは、シュラ王子だったんだよ。

今回の紛争《ふんそう》では、ふたつの民族ともに多くの犠牲《ぎせい》を出し、多くの憎《にく》しみが生まれた。

レンディータさんとユーセフさんも、お互《たが》いに大切な家族を失《うしな》っているんだ。

そんなふたりが、憎しみを乗《の》り越《こ》えて結ばれることは、ラヴァール人とオシュレム人の、民族融合《ゆうごう》の象徴《しょうちょう》になる…って、王子は考えたの。

ノルーラン国内には、この紛争によって引《ひ》き裂《さ》かれた恋人同士、家族、友人、隣人《りんじん》たちが大勢いる。

その人たちに、また手を取り合う勇気を与《あた》えるために。

王子はレンディータさん達に、調印式の席で式を挙げてほしいって言ったんだよ。

そんな王子の言葉に、最初はためらっていたふたりも、そろってうなずいてくれたんだ。

今までの憎《にく》しみが捨てられない人たちには、自分たちの結婚は、ひどい裏切り行為と誹《そし》られるかもしれない。

だけど、その誹りも甘《あま》んじて受けて、自分たちは、ノルーラン国の〝希望〟になりたい……って。


「ありがとう、ユナさん。アイシャ女王」

純白の花嫁《はなよめ》が、あたし達に向かって頭を下げる。

「今日の日を迎《むか》えることができたのは、あなた方のおかげです。あなた方に会えなければ、私は今も、憎しみの地獄《じごく》から脱《ぬ》けだすことはできなかった」

「ちょっと手荒なマネもしたけどネ」

「あ…」

あたしのイタズラっぽいウインクを受けて、レンディータさんの顔に明るい笑みが広がった。

ああ、これがほんとの、レンディータさんの顔なんだね。

…キレイだ。

冷たい戦士の時の彼女より、ずっとキレイ!!

「さあ、レンディータさん。ユーセフさんがお待ちかねだよ」

介添《かいぞ》え役《やく》のマルタさんとリタさんが、両側から花嫁《はなよめ》の手を取った。

長いヴェールを持って歩くのはソフィア・グルージュだ。

たくさん辛《つら》い想《おも》いをしてきた女性《ひと》だもの。

あたし達、心から彼女の幸せを祝福しよう！

だけど、その時、
あたし達の誰《だれ》ひとりとして、気づいてはいなかったけど……。
レンディータさんの戦いは、まだ終わったわけではなかったの。
純白の花嫁衣装《ドレス》を、その瞳《ひとみ》と同じ色に染めて。
彼女が真実《ほんとう》の〝聖戦士《シェルザート》〟になるのは、

じつはまだ、——————これから、、、、だった。

21

その日――――、
ノルーラン国の悲惨《ひさん》な紛争《ふんそう》に終止符《しゅうしふ》が打たれる、記念すべき日。

その歴史的瞬間《しゅんかん》を見届けようと、数万にものぼる市民たちが、セナータ川の両岸に集まってきていた。

川をはさんで、東側にはラヴァール人。

西側には、オシュレム人。

その両者を結ぶ橋の上に、
あたし達は今、それぞれの想《おも》いを胸に立っている。

「これより、ラヴァール・オシュレム両民族の、和平調印式をとり行う」

立会人であるエスファハン王が、厳《おごそ》かに口を開いた。

北国の冬特有の、重くたれこめた雲の下。

〝誓《ちか》いの橋〟の中ほどには、調印式のための机がしつらえられている。

その後ろに立つのは、エスファハン、ラドルフ両国王。

ラヴァール人の代表である、フェルデン王、
オシュレム人の代表であるレンディータさんが、その机の前に並んでいる。

レンディータさんは、フェルデン王より背が高い。

風になびく白いヴェールと赤い髪は、遠目からでも印象的《いんしょうてき》に見えるだろう。

そんな彼女を、あたしとユーセフ・グラッドは、少し離れた所から見守っていた。

橋の上には、ノルーラン国の大臣たちや、国民軍の代表者たち、
そして、あのバルザス・レイモンの姿《すがた》もある。

民族独立の夢をあきらめ、ついに停戦に同意した、聖戦士《シエルザート》の元指導者。

オシュレム人代表の座はレンディータ・エルヴァンに譲《ゆず》ったものの、どうしてもこの調印式に列席したいと、彼のたっての希望だったの。

指導者の地位も、独立の夢も失《うしな》った今、
彼はどんな想《おも》いで、この場に臨《のぞ》んでいるんだろうか…？

「フェルデン王、レンディータ・エルヴァン」

王子がふたりを見比べて、よく通る声でこう問いかけた。

「ラヴァール、オシュレム両民族の代表として、これまでの憎《にく》しみを乗《の》り越《こ》え、固く心を結び、ともにこの国の平和を守っていくことを誓《ちか》うか？」

「はい」

「ならば、この誓約書《せいやくしょ》に署名《しょめい》を」


厳粛《げんしゅく》な面持《おもも》ちで、ふたりが用意されたペンを取る。

川の両岸で見守る市民たちも、水を打ったような静けさだ。

彼らもたぶん、この1年近くにわたる紛争《ふんそう》で、たくさんのものを失《うしな》ってきたんだろう。

恋人を、家族を、友人を。

家を、信頼を、友情を。

すぐにもとどおりになれというのは、ムリかもしれない。

けれどきっと、時間《とき》が傷を癒《い》やしてくれる。

そう、

いつかシルサの砦《とりで》で、エルムズ・ルマーンが教えてくれたように。
人間《ひと》は、変わっていくことができる。
憎《にく》しみと復讐《ふくしゅう》の鎖《くさり》を断《た》ち切《き》り、未来《まえ》に歩きだすことが……、きっとできる。

あたしはそう確信しながら、
新しいノルーラン国の、始まりの時を見守っていたんだ。
でも――…。

フェルデン王とレンディータさんが、いよいよ誓約書《せいやくしょ》に署名《しょめい》をしようと、机の前にかがみこんだ瞬間《とき》、
急に吹きつけた強い風が、レンディータさんのヴェールをさらった。
(あ…)
フワリ
純白のヴェールが、風に乗って空へ舞い上がる。
それは、まるで鳥のように、
鉛色《なまりいろ》の空高く飛び立っていく、白い鳥のように見えたんだ。

橋の上にいた誰《だれ》もが、
そして、川の両岸に集まっていた多くの人たちの目が、
一瞬《いっしゅん》、その白い鳥に引きつけられた。
まるでそれが、ノルーラン国の平和な未来の象徴《しょうちょう》ででもあるかのように。
でも、
その時……だった。

「何をする⁉　待て‼」

（え…？）

あたし達は、ひとりの兵士の切迫《せっぱく》した叫《さけ》び声《ごえ》に我に返った。

声のしたほうに目を向けると、数人の警備の兵を蹴散《けち》らしながら、橋の中央に走りだす男の姿《すがた》が見える。

「バルザス⁉」

そう、それはバルザス・レイモンだった。

オシュレム民族の独立をめざしていた、聖戦士《シェルザート》の元指導者。

そのバルザスが、抜き身の剣を握《にぎ》りしめて、今まさに調印の儀式が行われている橋の中央に向かっていく。

「ラヴァールの王よ、誇《ほこ》り高いオシュレム人は、お前らと決して手を組みはしない！」

狂気《きょうき》に満ちた、恐《おそ》ろしい男の叫《さけ》び。

標的《ターゲット》は、――フェルデン王!?

まるで金《かな》しばりにあったように、あたしが立ちすくんでいるあいだの、
それはまさに、一瞬《いっしゅん》の出来事《できごと》だった。
ふいをつかれて、誰《だれ》も止めることができないままに、バルザスはフェルデン王に突進する。
フェルデン王は、署名《しょめい》のためのペンを握りしめたまま動けない。
荒々しい雄叫《おたけ》びをあげながら、バルザス・レイモンが剣を突《つ》きだす。
(あ…!!)
鈍《にぶ》く光る剣先が、正確にフェルデン王の心臓を貫《つらぬ》こうとした、
その瞬間《とき》、
白い花嫁衣装《ドレス》の女性が、ラヴァール人の王の前に飛びだしていった。

「レンディータさん⁉」

ズン――――ッ‼

あたしが叫《さけ》ぶのと、

バルザスの凶刃《きょうじん》が、レンディータ・エルヴァンの身体《からだ》に突《つ》き刺《さ》さるのとは、

同時だった。

「レンディータ‼」

絶望の叫びをあげて、今日の花嫁《はなよめ》に駆《か》け寄《よ》っていくユーセフ・グラッド。

（どうして…？）

信じられない……。

信じられない想《おも》いで。

あたしは今、

レンディータさんの白い衣装《いしょう》が、血に染まっていく光景をながめていた。

22

警戒《けいかい》は、していたはずだった。

もしかしたらバルザスが、この調印式の席で何かをする恐《おそ》れもある…って。

だからこそ、バルザスが武器を携帯《けいたい》していないかどうか、事前に厳《きび》しく調べもした。

彼のまわりは、数人の警備の兵に囲ませもした。

だけどバルザス・レイモンは、ただの指導者というだけではなく、根っからの〝戦士〟だったんだ。

警備の兵たちが、風に飛ばされたヴェールに気をとられた、あの一瞬《いっしゅん》、
バルザスは兵のひとりから、腰にさげた剣を奪《うば》った。

止めようとする兵たちを、振り切るだけの力と速さが、バルザスにはあった。

そして、なんとしてでもこの調印を阻止《そし》しようという、鉄の意志が。

「バルザス、貴様!!」

最初にバルザスを取り押さえたのは、エスファハン王のふたりの側近だった。

「レンディータ!!　ラヴァール人に魂《たましい》を売った裏切り者め!!」

バルザスが、怒《いか》りと絶望に歪《ゆが》んだ形相《ぎょうそう》でそう叫《さけ》ぶ。

裏切り者と呼ばれたレンディータさんは、駆《か》け寄《よ》ったユーセフさんの腕の中で、真っ赤な血に染まっていた。

フェルデン王の心臓を狙《ねら》ったバルザスの剣は、その間《あいだ》に立ちふさがった彼女の左肩に、深く突《つ》き刺《さ》さったらしい。

「レンディータ!!」

王子やアイシャさんも、倒《たお》れているレンディータさんの側《そば》に駆け寄る。

フェルデン王は、まだそこで腰を抜かしたままだ。

「聖戦士《シエルザート》が王のお命を狙ったぞ!!」

橋の上にいたノルーラン国の重臣《じゅうしん》たちや兵士たちは、ようやく我に返って騒然《そうぜん》とし始めた。

そして、その恐怖《きょうふ》と憤《いきどお》りは、橋の周囲にいる人たちにも伝染していったんだ。

「聖戦士《シェルザート》がフェルデン王を襲《おそ》った！」

「オシュレム人が、和平の約束を違《たが》えたぞ!!」

橋の東側に集まった、ラヴァール人たちの中からは、そんな叫《さけ》び声《ごえ》があがり始める。

遠目で見ている人たちには、事の正確な状況がわからない。

パニックに陥《おちい》った群衆《ぐんしゅう》は、すっかりフェルデン王がバルザスに刺《さ》されたと思いこんでしまったようだ。


「ラヴァールの王が、オシュレム人に殺された！」

「やっぱり奴《やつ》らは、卑怯《ひきょう》なケダモノ達だ!!」

「オシュレム人を許すな！　奴らを殺せ!!」

数万の群衆の中に、怒濤《どとう》のように広がっていく憎悪《ぞうお》の叫び。

なんてこと…!?

もう少しで、平和が訪れようとしていた、その時に、
たったひとりの男の、狂《くる》った行為で、またこの国は地獄《じごく》に戻《もど》ってしまうの？

万が一のことに備えて、エスファハン・ラドルフの平和同盟軍は、この橋の近くに待機《たいき》している。

このうえは、彼らに群衆《ぐんしゅう》を鎮圧《ちんあつ》させるほかないと、王子は判断したんだろう。

「サラム、イーサー！」

軍への指示を伝えさせるために、ふたりを振り返る。

でも……、

「待って！」

その時、ユーセフさんの腕の中で、レンディータさんが声をあげた。

「兵を動かすのは、待ってください、シュラ王」

「レンディータ？」

レンディータさんは、血のあふれだす傷口を押さえて、ヨロヨロと立ち上がる。

ユーセフさんが、そんな彼女の身体《からだ》をしっかり支えた。

流す血の色と同じ、レンディータさんの緋色《ひいろ》の瞳《ひとみ》には、今、燃えるような〝決意〟が浮かんでいる。

バルザスに刃《やいば》をふるわせたのが、あくまで民族融合《ゆうごう》を阻《はば》もうとする意地ならば、レンディータさんの瞳《ひとみ》にあるのは、なんとしても、この戦いを終わらせようとする決死の覚悟《かくご》だ。
傷は、かなり深いはずなのに、
レンディータさんは、しっかりとした足どりで、橋のたもとに立つ。
彼女は、川の両岸を見わたすと、
今にも暴動を起こさんばかりに興奮する群衆《ぐんしゅう》に向かって、声を張りあげた。

「ラヴァール人よ、安心して！　あなた達の王は無事《ぶじ》よ!!」

風が、レンディータさんの声を運んでいく。

血まみれの彼女の姿《すがた》を目に留めて、
騒然《そうぜん》としていた人々も、ハッとしたように動きを止めた。

「オシュレム人の刃《やいば》を受けたのは、オシュレム人であるこの私。今の刃は、ふたつの民族の間《あいだ》を引《ひ》き裂《さ》くものではないわ！　そして、私たちが血を流すのは、これが最後よ!!」

（レンディータさん…）

あたしは、不思議《ふしぎ》な畏敬《いけい》の念に打たれて、彼女の姿を見守った。

鉛色《なまりいろ》の空の下で、風になびく赤い髪。

赤い血の色に染まった花嫁衣装《はなよめいしょう》。

それはさながら、彼女の戦闘服《せんとうふく》のようだ。

「レンディータ」

群衆《ぐんしゅう》が、レンディータさんの気迫《きはく》にのまれているのを見てとって、シュラ王子は、彼女の前に和平の誓約書《せいやくしょ》をさしだした。

「…………」

うなずいたレンディータさんが、血に濡《ぬ》れた指先を誓約書に押しあてる。

血判《けつぱん》だ。

何よりも確《たし》かな、命をかけた誓《ちか》いの証《しるし》。

それを受けとると、エスファハン王は、ラヴァール人の王を呼んだ。

「フェルデン王」

恐怖《きょうふ》と驚《おどろ》きで茫然《ぼうぜん》としていたフェルデン王も、今やっと正気《しょうき》を取《と》り戻《もど》したようだった。

そんな彼に、ラドルフ王国のアイシャ女王が短剣を手渡す。

彼も、さすがに自分のなすべきことを知っていた。

自らの指に短剣を押しあてると、ラヴァール人の王も、自分の血で誓約書《せいやくしょ》に判を押したんだ。

「ノルーラン国の人々よ」

エスファハン王は、頭上高くに誓約書をかかげてこう叫《さけ》ぶ。

「ラヴァール、オシュレム双方《そうほう》の血の誓《ちか》いによって、この戦いは終結した。ここに、ふたつの民族の血は交《まじ》わり、新しいノルーラン国が誕生したのだ。そなた達は、今日からラヴァールでもオシュレムでもない。ノルーラン国民だ！」

エスファハン王の言葉が、ノルーラン国の人々の心に泌《し》みいるまでには、ホンの少し間《ま》があった。

だけどやがて、夜明けの太陽が、大地を黄金色《きんいろ》に照らしだすように、人々の顔に輝《かがや》きが広がっていったんだ。

ワアッ――!!

川の両岸から、同時に大きな歓声《かんせい》がわき起こる。

たった今、このアナトゥールに誕生《たんじょう》した、ノルーラン国民の歓喜の声。

憎《にく》しみの地獄《じごく》からはい上がり、未来へ向かう、合図《あいず》の声…!!

「レンディータ!!」

その時、
張りつめていたものが切れたように、レンディータさんが、ユーセフさんの腕の中にくずおれた。

「レンディータさん!?」

あたしは彼女に駆《か》け寄《よ》って、とっさに脈《みゃく》を調べる。


……大丈夫《だいじょうぶ》！

少し弱いけれど、しっかりと脈打ってる。

「気を失《うしな》ってるだけ。傷は深いけど、なんとか急所ははずれてるみたい」

心配そうにのぞきこんでいる王子やアイシャさんに、そう言った時、
マルタさんとリタさんが、側《そば》に落ちていた白いヴェールを拾って走ってきた。

「ユナさま、これで！」

風に飛ばされた花嫁《はなよめ》のヴェールは、ちょうどいい止血帯《しけつたい》がわりだ。

傷口をきつく縛《しば》って止血をすませると、ユーセフさんが、気を失ったレンディータさんの身体《からだ》を抱《だ》き上《あ》げた。

この国の危機を救った、勇気ある花嫁《はなよめ》を。
まだやまない、人々の歓喜《かんき》の声。
ねえ、聞こえる？　レンディータさん。
ノルーラン国をふたつに分けるこの川が、二度と血に染まることがないように、
あなたが、ふたつの民族の心の中に、平和の橋を架《か》けたんだよ。

「聖戦士《シエルザート》…か」

あたしの隣《となり》で、王子がかみしめるようにつぶやいた。

「レンディータは、今、真の聖戦士《シエルザート》になったのかもしれないな」

「王子」

王子を見上げて瞳《ひとみ》をかわし、あたし達はうなずきあう。

そうだね、王子。

聖戦士《シエルザート》…は、彼女のことだ。

殺すために、奪《うば》うために、
憎《にく》しみのために戦うのではなく。

平和と、愛のために戦おうと決意した時、
彼女は、真実《ほんとう》の聖戦士《シェルザート》になったんだ。

レンディータ・エルヴァン。
〝緋色《ひいろ》の聖戦士《シェルザート》〟――――。

その誇《ほこ》り高《たか》い名前を、心にしっかりと刻《きざ》みながら、
あたし達は、今、ようやく冒険の目標《ゴール》に到着した。
アナトゥール暦1208年、12月。
ノルーラン国の、新たな時代の始まりの日。

23

幸いにも、

レンディータさんの傷は、命にかかわるものではなく、まもなく元気を回復したの。

難民たちはもとの村や町に戻《もど》れることになり、徐々《じょじょ》に落ちつきと活気、そして互《たが》いへの信頼を取り戻していくと思う。

ユーセフさん達、ノルーラン国民軍の若い力も手伝って、ノルーラン国の新しい政治体制も、少しずつ軌道《きどう》に乗っていきそうだ。

それを確《たし》かめ、いよいよエスファハンへの帰国の途《と》につこうとしたあたし達だったけれど…。

そのまえに、もうひとつ、

最後の〝事件〟が起こったの。

エルグ城の牢獄《ろうごく》で、

バルザス・レイモンが自殺————したんだ。

そして、彼が獄中《ごくちゅう》で書《か》き遺《のこ》した手紙から、あたし達は、意外な事実を知ったんだよ。

〝ファーディル・エルヴァン暗殺事件〟。

1年にわたる紛争《ふんそう》のキッカケとなった、あのエルヴァン一家の惨殺《ざんさつ》事件は、ラヴァール人の仕業《しわざ》ではなく、バルザスのしたことだった……って。

「バルザスのことが、憎《にく》くないと言ったら嘘《うそ》になります。だけど私には、彼の気持ちも理解できるわ。彼と私は、同じ経験をしているのだから」

オスタルの町はずれ。

若い夫婦の新居となった小さな家で、レンディータさんは、あたし達にそう言った。

まだベッドからは離れられないけれど、あの日の傷はもうだいぶ回復して、顔色も良くなったレンディータさん。

彼女のベッドの側《そば》には、ピッタリと寄《よ》り添《そ》うユーセフさんの姿《すがた》もあった。

今日、このオスタルの町を出発するあたし達は、ふたりに別れを告げにやってきたの。

そして、バルザス・レイモンの死を報告に……。


バルザスが遺《のこ》した手紙には、ファーディル・エルヴァン暗殺事件の真相と、そんな行為を犯《おか》すにいたった、自らの心情が告白されていた。

30年まえ、ラヴァール人とオシュレム人との間《あいだ》に紛争《ふんそう》が起こった時、バルザスもまた、妻や子をラヴァール人に虐殺《ぎゃくさつ》されていたのだという。

彼はこの30年間、ずっとその恨《うら》みを忘れられずに生きてきた。

ラドルフ王国の支配が解《と》かれ、オシュレム民族独立の機会《チャンス》がやってきた時、バルザスはファーディル・エルヴァンに、独立運動の先鋒《せんぽう》となってくれるよう頼《たの》んだの。

でも、平和主義者の彼には、キッパリとそれを拒否《きょひ》された。

そのうえ、聖戦士《シエルザート》の急進的な活動を見なおすよう説得され、バルザスは、独立運動のさまたげとなるファーディル・エルヴァンを殺そうと決意したんだって。

家族までをも殺し、レンディータさんひとりだけを残したのは、彼女の憎《にく》しみを利用できると思えばこそだった。

『私は、ラヴァール人と戦ったことを、誤《あやま》ちだったとは思わない』
バルザスの手紙には、こう記《しる》されていた。
『しかし、そのために多くのオシュレム人の命を失《うしな》ったことは、詫《わ》びたいと思う』
…と。
自分の起こした戦いによって、数千人もの同胞《どうほう》が死んでいった。
そして、その戦いの目的であった民族の独立も、成しとげることができなかった。
バルザスはその罪を、自らの命をもって償《つぐな》う…と。

彼ひとりの命で償うには、犠牲《ぎせい》は、あまりにも多すぎた。
バルザスの犯《おか》した罪を、許すわけにはいかないけれど、
彼は、かわいそうな人間《ひと》だったのだと……、そうも思う。
悲しみと憎《にく》しみの地獄《じごく》から、脱《ぬ》けだせないままに一生を終えてしまった、
かわいそうな人間だったと。

幸せになる方法も、
不幸せになる方法も、

あたし達の心の中に、いつも同じようにあるはずだ。

どちらを選ぶかは、自分次第《しだい》。

そして、レンディータさんは、恨《うら》みや憎《にく》しみと引きかえに、幸せの道を選んだ――…。


「今の私の望みは、このノルーラン国の平和を、ずっと守っていくことだけ。ユーセフと力を合わせて」

ベッドの上の聖戦士《シエルザート》が、力強く瞳《め》を輝《かがや》かせる。

「それだけじゃないでしょ？」

あたしは、ちょっぴり笑って新婚のふたりを見比べた。

「おふたりとも、かわいい赤ちゃんもほしいんじゃない？　ふたりの血がひとつになって産まれる、ノルーランの子！」

「あ……」

顔を見合わせて赤くなったふたりに、アイシャさんが言う。

「ねえ、レンディータさんのお父さんは〝民族の調停者〟って呼ばれていたのよね。それじゃレンディータさんは、〝ノルーラン国の母〟っていうのはどう？」

たんだ。
エスファハン王にまで賛同《さんどう》されて、レンディータさんは恥《は》ずかしそうだ。
でも、ね、
それでも彼女は、いつか本当の〝母〟になる、たくましい女性の笑顔《かお》で言っ
まだ痛々しい、肩の包帯《ほうたい》に触《ふ》れながら。
「だとしたら、この傷は当然だわ。血を流さずに子供を産む母親はいないもの」
……って。

そう、
女はみんな、命がけで戦って、生命《いのち》を産む生き物だ。
だから、生命を奪《うば》う〝戦争〟なんて許せない。
アナトゥールでも、あたしの世界でも、
女性たちが、みんなでそう叫《さけ》ぶ勇気を持てば……。
世界は、少しずつ変わっていくだろうか？

今、北国ノルーランは、冷たい雪と氷に閉ざされた季節。

でも、その雪が解《と》ける頃《ころ》、
もしかしたら、レンディータさんの中には、新しい生命《いのち》が宿っているかもしれない。
アゼリア山の避難所《ひなんじょ》で会ったターニャさんも、いつか子供を産むかしら?
あの薄暗《うすぐら》い小屋で産声《うぶごえ》をあげた、ミルダさんの赤ちゃんや、
あの仲間の女性たちが産んでいく子供たちは、
みんなふたつの血を併《あわ》せ持《も》つ、この新しい国の〝希望の子〟だ。
彼らが大人《おとな》になる頃《ころ》には、レンディータ・エルヴァンの名前は、この国の伝説になっているかもしれないね。

血を流しながら、平和な時代を生んだ〝ノルーラン国の母〟。
〝緋色《ひいろ》の聖戦士《シェルザート》〟……と。

24

アナトゥールの人々が、いつか〝聖戦士《シエルザート》〟の伝説を語るとしたら、
それはたぶん『アナトゥール星伝』の新しい頁《ページ》に、アルシェさんが記《しる》したこの一節だ。

『北の国に、激しき女戦士あり。
憎《にく》しみの地獄《じごく》より、
悲しみの河を越《こ》え。
緋《ひ》の色《いろ》の聖戦士《シエルザート》、
真実《まこと》の誇《ほこ》りに目覚《めざ》めし時。
ふたつの血は交《まじ》わりて、
彼《か》の国はひとつとなる』

サラサラと、水の流れる音が聞こえる。
エスファハン宮殿《きゅうでん》の、中庭の噴水《ふんすい》のやさしい水音。
柑橘類《シトロン》と花の香りを含《ふく》んだ、生ぬるい夜の風。
あの北の国での出来事《できごと》が、遠い昔のことのように思えるね。
約2か月の冒険の旅を終えて、あたし達は、この平和なエスファハンに帰ってきた。
たくさんの思い出と、
たくさんの〝想《おも》い〟を持って…。

「だけど今回は、アイシャさんと一緒《いっしょ》だったから心強かったな。前回の花炎姫《エントラーダ》の時とは大違《おおちが》い！」

傍《かたわ》らの王子が、あたしの言葉に笑みをこぼした。

アンフォラ国の花炎姫《エントラーダ》、リディア女王とあたしとは、王子も公認の（？）犬猿の仲だ。

「ユナとアイシャ殿は、性格が似《に》ているようだからな。いい友人になれるだろう」

「うん！　あたしもそう思う」

そういえばね、アイシャさんも、

ラドルフ王国のアバリン城で、別れぎわにこう言ってくれたんだよ。

「あたし、ユナさんとは、一生の友達でいたいと思うわ」

…って。

うれしかった！

あたしには、牧原沙夜《まきはらさや》っていう大親友がいるけれど、
アナトゥールにも、〝親友〟って呼べる人ができたんだもの。

…ううん、そのまえに、
マルタさんやリタさんや、サラムさんやイーサーや。

エスファハンの仲間たちは、とっくに〝家臣《かしん》〟とかじゃなく、〝親友〟になってるかもしれないけどね！

でも、
その〝親友たち〟とも、最愛の〝恋人〟とも、しばしのお別れ。

そろそろ、もうひとつの世界に帰る時間《とき》が近づいているようだ。

「それにしても、ユナ」

王子がちょっぴり不審《ふしん》なカオして、あたしのほうをのぞきこむ。

「その着物、なにか少し違《ちが》うように思うのだが？　その…、最初に着ていた時と」

「えっ!?　やっぱり王子もそう思う？」

あたしはあせって、久しぶりの着物《きもの》姿《すがた》をチェックする。

これでも、マルタさん達に手伝ってもらって、1時間も悪戦苦闘したんだけどなあ。

帯結ぶのとかって、難しいんだよね。

まさか着物でアナトゥールに来るとは思わなかったけど、
こんなことなら、ママに着つけ習っとけばよかったな。


「ねえ王子。でもね、あたし、今回の冒険で、ひとつ自信がついたことがあるんだよ」

「なんだ？　意外に腕力が強かったってことか？」

「そーじゃなくてっ!!」

王子ってば、あたしがレンディータさんを殴《なぐ》り倒《たお》したことを言ってるね？

もうっ、最近、シラッとした顔で人をからかうんだから。（…いや、やっぱりこれも天然か!?）

それはさておき、マジメな話。

ちゃんと聞いてよね、王子。

西の空に輝《かがや》く、銀の星。
導《みちび》きの力が、刻一刻《こくいっこく》強くなるのを意識しながら、
あたしは王子を見つめて言う。
いつかあたしの伴侶《はんりょ》となる、エスファハンの国王に。

「王子、あたしね、もうとっくに、いつかは王子と結ばれて、エスファハンの王妃《おうひ》になるって決心してるし、そのための覚悟《かくご》もしてる。でもね、やっぱり不安なこともあるし、正直言って、その日が来るのが怖《こわ》かった。パパや、ママや、沙夜や…、生まれ育った国と決別しなければならないってことが」

「ユナ…」

王子が、気づかわしげな瞳《め》で、あたしを見下ろす。

いつか、王子とあたしが本当に結ばれる時が来たら、
あたしはもう、自分の世界には戻《もど》れない。

それは、あたし達が出会った頃《ころ》から、ずっと感じ続けている〝予感〟なんだ。

だからこそ王子は、あたしとの結婚を延ばしてくれているのだけど……。

「でもね、王子。あたし、今回のことでわかったの。あたしは王子と結婚したら、エスファハンの人間になるけれど。決して、自分の国を捨てるわけじゃないんだな…って」

あたしが今身につけている着物は、あたしの国、〝日本〟の民族衣装《いしよう》だ。

そしてあたしは、日本人、鈴木結奈《すずきゆいな》。

それは、あたしがエスファハンに嫁《とつ》いでも、変わるものじゃない。

あたしの身体《からだ》に流れる血。

パパとママから…、
そのもっと祖先から受《う》け継《つ》いできた、日本人の血。


「あたしはそれを持ったままで、王子のもとへ嫁ぐのよ。あたし達の子は、ふたつの国の血を持った、ふたつの世界の架《か》け橋《はし》になるんだわ」

「ふたつの世界の…架け橋か」

あたしを見つめる王子の瞳《ひとみ》に、その時、力強い光が宿った。

「そうだな。このアナトゥールは、もともとユナの世界の人間が創《つく》りだしたものだ。オレとユナが結ばれる時、ふたつの世界も、またひとつに結ばれるのかもしれない」

「王子…」

その日が来るのは、いつだろう？
あたしはもう、決してその日を恐《おそ》れはしない。
その日まで、何度あなたと離れようと、
会えない時間を恐れはしない。
だって……。
ふたりの血が、ひとつに交《まじ》わるより早く。
もう、ずっと以前《まえ》から、
ふたりの心は、ひとつに結ばれているのだから。

あたし達は、手を繋《つな》いだ。
あたし達は、互《たが》いの身体《からだ》を抱《だ》きしめた。
あたし達は……。
愛の言葉を口にするより、
言葉にできない熱い想《おも》いを、触《ふ》れた唇《くちびる》から伝えあった。

愛《いと》おしすぎて、たまらない。
いつまでも、あなたの腕に抱《だ》かれていたい。
でも……。

(またね、王子)
遠のいていく意識の中で、
あたしは、彼との別れのせつなさに涙ぐむより。
また会える日の、
幸福な夢を、――――見ていた。

エピローグ

「…で、なに？　今回の冒険のおまけは、その顔のアザなワケ？」

沙夜《さや》があたしをのぞきこんで、たまりかねたようにプーッと吹きだす。

「なによー、沙夜。こっちは笑いごとじゃなかったんだからね！」

「ふくれっ面《つら》すると、よけいほっぺたが腫《は》れて見えるわよ」

「沙夜‼」


新緑の瑞々《みずみず》しい若葉が、初夏の風に揺《ゆ》れる大学のキャンパス。

あたしと沙夜は、心地《ここち》よい木陰のベンチに陣《じん》どってる。

今日はね、今回の冒険の報告のために、沙夜の大学に会いにきたの。

なんだかんだ言っても、今回も沙夜には、多大なメーワクをかけちゃったもんね。

あ、あの日…、
あたしがアナトゥールへ導《みちび》かれていった、あの日から、
案《あん》の定《じょう》、パパとママは大パニックだったらしい。

レストランから振《ふ》り袖姿《そですがた》でいなくなったあたしが、夜になっても、翌日になっても帰ってこなかったんだもの。

そりゃあ、今ドキの女子高生なら、〝プチ家出〟ですむって人もいるかもしれないけど、ウチの両親、頭カタイし厳《きび》しいから。

無断外泊なんて、トーゼン厳禁!!

だからアナトゥールへ行く時は、いつも沙夜にアリバイ工作まで頼《たの》んでたのに、今回ばかりは、どうにもゴマかしようがなかったのよね。

それでも沙夜は、せいいっぱい努力してくれたらしい。

「警察に捜索願いを出す！」っていう両親を、必死で3日間引き止めててくれたんだもの。

行方不明《ゆくえふめい》になって、3日目の夜、
ひょっこり家に帰ってきたあたしを見て、パパとママは、驚《おどろ》くやら喜ぶやら怒《おこ》るやら…、もうタイヘンな騒《さわ》ぎだったんだよ。

どこへ行ってたのか訊《き》かれても、あたしには答えられないし。

で、パパにぶたれた。ほっぺた思いっきり。

「でもまあ、顔にアザつくるくらいは仕方《しかた》ないわよ、ユナ。あんたの両親、ほんとに心配してたんだから」

「ん…、自分でもそう思う」

まだ腫《は》れぼったいほっぺたに触《ふ》れて、コックリうなずく。

あたしをぶった時の、パパの顔が忘れられない。

娘が、親に言えない秘密を持っている。

あの時のパパの顔は、怒《おこ》っているというよりも、

悲しそうな…、不安そうな表情《かお》だった。

パパとママは、うすうす感じているんじゃないかしら？

娘が、いつか遠い所へ行ってしまうんじゃないか…って。

もっとも、

子供を持つ親だったら、みんな多かれ少なかれ、そんな不安を感じているものなのかな。

まだ〝子供〟のあたしには、わからない気持ちだけど——…。

「バーイ！　サヤ」

近くを通りかかった赤毛の女の子が、沙夜に気づいて手を振っていく。

沙夜も手を振って応《こた》えたあとで、あたしのほうを向いて言った。

「オーストラリアからの留学生、同じ講義をとってるの」

「へえ…」

風になびく彼女の赤い髪を見送りながら、
あたしは、今はもう遠い、ノルーラン国での出来事《できごと》を思い出してた。

民族の血と誇《ほこ》りのために、戦い、殺し合っていたバルザスたち。

無惨《むざん》にも犠牲《ぎせい》になった多くの人たち。

虐《しいた》げられた女性たち。

この明るい初夏の日ざしの下では、あの北の国での出来事が、まるで夢だったように思えてくる。

でも、民族の血のために争う人たちは、この世界にも大勢いるんだ。

決して、あれは〝悪夢〟だったわけじゃない。

現在《いま》も、この世界のどこかにある〝現実〟。

「日本て……平和だなあ」

「ちょっと、ユナ？」

思わずシミジミつぶやいちゃったあたしを、沙夜が顔をしかめてのぞきこむ。

「なーに年寄りくさいセリフ吐《は》いてんの？」

「あ、やっぱこーゆーのって、ババくさかった？」

でもね、これって、ホントに実感。

あたし達には、自分たちの〝国〟がある。

自分たちの生き方を、自分で決める〝自由〟がある。

いつも、生命《いのち》の危険に怯《おび》えていなくていいこと…って。

それだけで、
本当は、すごく幸せなことじゃないのかな？

〝民族の誇《ほこ》り〟なんて、あたしは今まで、考えたことは一度もなかった。

それ以前に、
自分が〝日本人〟だってことも、ちゃんと意識したことがなかったような気がするんだ。

バルザス・レイモンのとった行為は、確《たし》かに間違《まちが》いだったけど、
あたしは彼にも、大切なことを教わった。
生まれ持つ〝血〟に、――――誇《ほこ》りを持つこと。

濃《こ》い緑の香りのする、5月の風に顔を向けて、あたしは大きく伸びをする。

「とりあえず、ママに着つけを教えてもらおうかな。来年の成人式までには、自分で着物が着られるように」

「だって、また着物《きもの》姿《すがた》でアナトゥールに行っちゃったら困るもん」

「へえー、どういう風の吹きまわし？」

「そうそう行くわけないわよ」

「いーの！　あ、ついでにお茶とかお花とかも習っちゃおーかな？」

「ユナが!?　あんまりムリしないほうがいいんじゃない？」

なんて、沙夜はちっとも信用してないけど。

見ててよ！

そのうち、立派な〝大和撫子《やまとなでしこ》〟になってみせるんだから。（いまいち不安!?）

日本人の誇《ほこ》り…って、どういうものか、
あたしには、まだよくわからない。
だけどあたしは、それを見つけてみたいと思う。
自分の〝国〟と、
遠い過去から、あたしまで繋《つな》がってきた自分の〝血〟を、
ちゃんと知って、ちゃんと好きになってみたい。
いつかあたしが、エスファハンへと嫁《とつ》ぐまでに。

そういえば、
ねえ、シュラ王子。
エスファハン人の誇りって、なんなのかな？
黄金《きん》の砂丘《さきゅう》と、緑のオアシス。
砂漠一豊かで、平和な国。
砂漠王《バーディア》を王に戴《いただ》くエスファハン。
王子なら、
きっと胸を張って、こんなふうに答えるんじゃないかしら？

「エスファハンの誇《ほこ》りは、平和を愛し、守ろうとする民の心だ」

……って。

それじゃ、また。

誰《だれ》よりも誇り高い、エスファハンの〝砂漠王《バーディア》〟へ。

日本の〝星姫《メシナ》〟より、愛をこめて——。

END

あとがき

こんにちはっ！　折原《おりはら》です。

や…やってしまいました。久々の予告破りっ。

4月刊のはずが、5月刊に…。

4月発売を楽しみにしてくださってたみなさま、ごめんなさいっっ!!

…と、久しぶりに〝お詫《わ》び〟からあとがきが始まってしまいましたが、(苦笑)

『緋色《ひいろ》の聖戦士《シェルザート》』、いかがでしたか？

今回は、ユナちゃん、アイシャちゃん、レンディータさんと3人そろって、『女の戦いスペシャル』!?

ユナちゃんとアイシャちゃんは、ホント性格似《に》てるから、このふたりが一緒《いっしょ》だと、王子も夕ジタジってカンジかも…？

そういえば、今回はアイシャちゃん以外にも、超なつかしキャラが登場しましたね。『銀の星姫《メシナ》』以来の、エルムズ・ルマーン。（みんな、この人のこと覚えてた？）じつは折原もユナちゃんとおなじで、時々彼のこと思い出してたんですよ。エスファハンとラドルフ王国が同盟を結んだ今、ラドルフ人を憎《にく》んでいた彼は、どうしてるのかな…って。

エルムズさんが心穏《こころおだ》やかになってて、作者もホッとしましたです。あの時のパウルくんの恋人が、今やラドルフ王国の女王サマだし。物語って、繋《つな》がってるんだよねぇ、シミジミ。（…って、あたりまえか!? シリーズ物なんだし）

ところで、今回のノルーラン国の民族紛争《ふんそう》の話は、本文中にも出てくるように、こ､っ､ち､の､世､界､で実際に起こった、旧ユーゴスラビアの内戦がもとになっています。

1990年からユーゴスラビア各地で勃発《ぼっぱつ》した、泥沼《どろぬま》の民族紛争。かつての隣人《りんじん》による大量虐殺《ぎゃくさつ》、焼《や》き討《う》ち、性的暴行《レイプ》など、〝民族浄化《エスニッククレンジング》〟も現実のこと。

数年間にわたる内戦で、数十万の人が命を落とし、数百万人にものぼる人が家を失《な》くして難民《なんみん》となりました。

で、その頃《ころ》自分は何をしていたかって振り返ると、旧ユーゴ紛争《ふんそう》のことはニュースなどで知ってはいても、自分自身は何ひとつ不自由なく、ごくフツーに平和な毎日を過ごしてて。

締め切りに追われてヒーヒー言ったりしながらも、遊んだり旅行にいったりもちゃんとしてて…。

人間は生まれてくる国を選べないんだけど、これって、ホントに不公平だと思う。

旧ユーゴ紛争は、現在ではいちおう停戦状態に落ちついてはいるものの、根深い民族対立は解決したわけではありません。

世界じゅうには、現在《いま》でも、さまざまな問題を抱《かか》えている国がたくさんあります。

飢《う》えや病気や、生命《いのち》の危機にさらされている人たちも、たくさんいます。

そんな方たちのことを考えると、日本人なんて、めっちゃ幸せで。

幸せすぎちゃってそのありがたみにも気づかない、平和ボケの甘《あま》ちゃん国民なんじゃないか…なんて思っちゃいますよ。（自分も含《ふく》めて）

平和な日常の中では、ついつい無関心になってしまいがちだけど。同じ地球上で、同じ人間の上に起こっている出来事《できごと》を、他人事《ひとごと》だって、片づけてしまいたくはないです。

だからってどうすりゃいいのか…っていうのは、すごく難しいけど。

とりあえず、「知る」ってとこから始めなきゃ！

じつを言うと、今回のお話を書いてる時、「少女小説に〝民族紛争《ふんそう》〟なんて持ちこんでいーのかなあ」…って、ちょっと思ったりもしたんですよ。

でもまあ、10代の女の子だって、こーゆー問題知っててソンはないと思う。

…てゆーか、知っててほしいです。なるべくは。

今まで無関心だったニュースに、「ああ、これってアナトゥールでやってたヤツか」なんて、少しでも興味を持つキッカケになってくれたらうれしーです。

折原自身も、まだまだ知らないことがいっぱいありすぎなんだけどね。

知りたいです。現実ちゃんと。

これって、人間としての義務!!

なーんて、今さらのように折原は思うんですが、
みんなはどう思う？

ところでね、

話はかわるけど、今回ユナちゃんが着物姿《きものすがた》でアナトゥールにトリップしたのは、読者の方のリクエストなんだよ。

ユナちゃんも、来年は成人式かー。(もう…というか、まだ!?…というか)

折原は、成人式に着物は着ませんでした。

その頃《ころ》は、着物なんてぜーんぜん興味がなかったんだもん。

それが、2年くらいまえから、急に日本的なものに目覚《めざ》めてしまった私。

以前《まえ》にもティーンズハートのおまけページで書いたことがあるけど、折原の〝日本の伝統文化ブーム〟は、今でも継続中です。

最初の頃は、今回のユナちゃんみたいに、「帯なんか結べなーい!」って途方《とほう》にくれてた折原だけど、何事も慣れとゆーか、継続は力なり!?(ユナちゃんも心配ないぞ!!)

最近では、ちゃんとひとりで着つけできるし、着物を着てても肩もこらなくなったよ。

折原が日本の伝統に興味を持ったキッカケのひとつはね、英会話を教えていただいてたアメリカ人の先生の影響なの。

その先生は、すっごく日本の伝統文化に興味を持ってらして、書道とか、日本画とか日本刺繍《ししゆう》とかもやってて、日本人以上に、日本のことに詳《くわ》しいの!

アメリカはまだ建国200年ちょっとっていう新しい国で、古い伝統文化ってものがないから、千年、2千年の歴史を持つ日本の文化には、尊敬とかあこがれを持ってくれてるみたい。

なのに、先生に日本の文化のこといろいろ質問されても、ちゃんと答えられない自分が恥《は》ずかしかったんだ。

それにね、世界のいろんな国に旅行して、いろんな国の人と接してみて感じることは、どの国の人たちも、自分の国に、ちゃんと誇《ほこ》りを持ってるんだな…ってこと。

その点、なんとなく日本人って、あまり自分の国のことを知らないし、誇りもいまいち持ってないような気がするの。

そりゃあ、外国のほうがいいってトコも、他の国にあこがれるトコもあるけどさ、日本には、日本のよさってもんがいっぱいある！

…と、最近は思っとるんですよ。

モチロン、民族の〝血〟とか〝誇り〟とかのために殺し合うなんて許せないけど。

自分の国や、自分に流れている血に誇りを持つってのも、やっぱり大事なことじゃないかなあ。

日本のことをちゃんと知って、自分の国を好きになりたい。

外国の人に質問されたら、胸を張って答えられるようにね。（しかし世界には、日本人は未《いま》だに着物着てて、サムライか芸者かニンジャなんだと思っている人たちがいっぱいいるらしいぞ!! ホントの話）
折原は、富士山《ふじさん》も桜も和食も大好きだっ!!
こーなったら、〝日本人〟を極《きわ》めてやるぜっ！（笑）

さて、
それでは今回はこのへんで。

そうそう！

前回のあとがきに、「キャラクターの似顔絵送ってね」って書いたところ、力作がいっぱい届きました！ ありがとーっ♡

この原稿を書いてる最中《さいちゅう》も、ちゃんとボードにはって部屋に飾っておいたよ。

んもー、かわいかったり、大人《おとな》っぽかったり、色っぽかったり、個性さまざまなユナちゃんや王子たち。

ホント、励《はげ》まされますっ!!

次回のアナトゥールは、冬頃《ふゆごろ》の予定。

今度はエスファハンが舞台になる予定なので、最近留守番《るすばん》ばかりでめっきり出番の少ないアルシェさん（笑）も、少しは活躍させてあげられるかな？

そのまえ、夏頃にシリーズ物以外のお話を書きたいと思ってます。

こちらは動物病院が舞台の物語になる予定だよ。

動物好きのみんな、お楽しみにっ！

それでは、次にお会いできる日まで、お元気で。

またねっ♡

2000年　3月　　折原みと

OMAKE

どもどもっ♡ 今回も、最後までおつきあいくださってありがとーございました!!
そういえば、今回のタイトルって、初めて"姫"と"王"以外だったんだワ。
前回の『紺碧の海賊王《ファルカス》』では、アレスくんの人気が急上昇でした。今、アナトゥール
キャラクター人気投票をやったら、かなり上位にくいこむかも…!?
ところでね、本文のルビは細かいから、"ファルカス"のアとか、"ツェルザート"のエとかが
小さくできないんですよ。「ファルカス」って読むのが正しいんですか?…って読者の方
からの質問がたまにあったんですが、「ファルカス」が正解! 今回のも「ツェルザート」です。
そこんとこよろしくっ♡ これから夏にかけて、折原の大好きな季節ーっ!!
(梅雨はちょっとうっとーしいケド…。原稿がしめって描きにくくなるし)
夏にまたお会いする頃まで、どーぞお元気で♡ 2000年4月

MITO・ORIHARA

まだ2000年ってかくのなれないんだよね

ひさしぶりに髪をストレートにしてみました一っ。

iMacのグラファイトかったのだ!

最近折原は、パソコンにちょっとハマってます。メイルって楽しー♡
ポストペットもかわいいのだ!!
折原のホームページにも、どんどん遊びに来てね♡ アドレスは
http://www.interq.or.jp/mars/hayama-t/mito/mito.html
(長いな〜)
ホームページにメイルくれると、感想とかすぐに読めてうれしーです。
ウチのリキの写真もいっぱいのってるよーん。
(↑親バカ)

春から
学校や就職など、
新生活をはじめた方、
もうなれましたか?

6月8日に、
実業の日本社から新しい
コミックスがでるよー。
「君といた永遠」というタイトル。
折原初の、禁断の恋が
テーマ!? よんでみてね!

さて、次回は、7月末頃発売予定の8月刊!!
動物病院を舞台にしたお話です。動物大好き!の折原は、獣医さん
にもあこがれているのだっ♡ 動物たちと人間の、ほのぼのするよーな
あったかいお話が書きたいなっ。はっ!! そーいや次回のアナトゥールの色はなんにしよっ!?
ではまた♡

☆この作品についてのご意見、ご感想、折原みと先生へのファンレターは、下記へおよせください。
〒112-8001 東京都文京区音羽2-12-21
講談社文芸第四「折原みと先生」係

N.D.C.913　254p　15cm

折原みと（おりはら・みと）

講談社X文庫

１月27日生まれ。水がめ座。Ｂ型。神奈川県在住。まんが家兼小説家。
'88年デビュー作『夢みるように、愛したい』から『緋色の聖戦士』まで、講談社Ｘ文庫に38作品がある。

TEEN'S HEART

アナトゥール星伝《せいでん》⑫　緋色《ひいろ》の聖戦士《シエルザート》

折原《おりはら》みと

●

2000年５月５日　第１刷発行

定価はカバーに表示してあります。

発行者――野間佐和子
発行所――株式会社　講談社
東京都文京区音羽2-12-21　〒112-8001
電話　編集部　03-5395-3507
販売部　03-5395-3626
製作部　03-5395-3615
本文印刷―図書印刷株式会社
製本―――株式会社若林製本工場
カバー印刷―半七写真印刷工業株式会社

ISBN4-06-199866-8　(文4)

TEEN'S HEART INFORMATION

ティーンズハート インフォメーション

来月の登場予定

秋野ひとみ	木漏れ陽の下でつかまえて
風見 潤	天草四郎幽霊事件
小林深雪	⑭《フオーテイーン》 恋愛白書 夏物語
立花 薫	みつけて！生徒会探偵団

★発売は6月2日（金）予定です。
楽しみに待っていてね！

※登場予定の作家、書名は変更になる場合があります。

今月の新刊

折原みと	緋色の聖戦士《シエルザート》 アナトゥール星伝⑫
辻ともこ	海があるから セーラー服の女将さん
中原 涼	天使の国のアリス
奈月ゆう	蒼い羽 －flickering rays－
水原沙里衣	青き機械の翼